Über das Buch Günter de Bruyn legt in der *Preisverleihung* mit gewohnt elegant lakonischer Sprache und Ironie einen reizvollen und immer unterhaltenden Roman über den Kulturbetrieb der ehemaligen DDR vor – ein Roman, des Autors der erfolgreichen Autobiographie *Zwischenbilanz* (S. Fischer), der zu den amüsanteren Stücken deutschsprachiger Gegenwartsliteratur gehört.
Die Hauptfiguren in dieser turbulenten Dreiecksgeschichte sind Dr. Teo Overbeck, Literaturwissenschaftler, dessen Frau Irene und deren gemeinsamer Schriftstellerfreund Paul Schuster – Irenes ehemaliger Geliebter. Die Geschichte wird um so vertrackter, als dieser sich in die siebzehnjährige Tochter der Overbecks verliebt, deren wirklicher Vater er selber ist.
Anlaß für ihr Wiederbegegnen ist eine Preisverleihung. Teo Overbeck soll die Laudatio des Buches halten, das Schuster bereits vor achtzehn Jahren geschrieben, aber aufgrund von Overbecks übermächtigen Einfluß immer wieder umgeschrieben hat. Nur: den Glauben an das Buch – und damit den Glauben an einen Literaturbetrieb, »dem Grenzen jeglicher Art mehr bedeuten als die Pflichten des Autors, ihrer zu spotten« –, diesen Glauben hat Teo Overbeck inzwischen verloren.

Der Autor Günter de Bruyn wurde am 1. November 1926 in Berlin geboren und war vorübergehend Lehrer und Bibliothekar. Seit 1963 lebt er in Ost-Berlin und bei Frankfurt/Oder als freier Schriftsteller. Er wurde u. a. mit dem Heinrich-Mann-Preis, dem Lion-Feuchtwanger-Preis, dem Thomas-Mann-Preis und dem Heinrich-Böll-Preis ausgezeichnet.
Im Fischer Taschenbuch sind außerdem von ihm erschienen: *Buridans Esel* (Bd. 1880), *Märkische Forschungen* (Bd. 5059), *Neue Herrlichkeit* (Bd. 5994), *Tristan und Isolde* (Bd. 8275), *Das Leben des Jean Paul Friedrich Richter* (Bd. 10973) sowie *Günter de Bruyn. Materialien zu Leben und Werk* (Bd. 10960).

Günter de Bruyn

Preisverleihung

Roman

Auch nach 40 Jahren
noch sehr lesbar!
Mai 2012

Fischer Taschenbuch Verlag

Veröffentlicht im Fischer Taschenbuch Verlag GmbH
Frankfurt am Main, Mai 1993

Lizenzausgabe mit freundlicher Genehmigung
des Mitteldeutschen Verlags Halle-Leipzig

Umschlaggestaltung: Buchholz/Hinsch/Hensinger
Druck und Bindung: Clausen & Bosse, Leck
Printed in Germany 1993
ISBN 3-596-11660-0

Gedruckt auf chlor- und säurefreiem Papier

I

Man hat mich aufgefordert, eine vorbildliche Ehe zu beschreiben und mir ein Modell dafür gezeigt. Mit Vorbehalten habe ich zugesagt und das beispielhafte Paar beobachtet. Jetzt versuche ich, das Erforschte zusammenzufassen in der Beschreibung eines Tages, der damit beginnt, daß Teo Overbeck Gardinen aufzieht, Fenster öffnet und dabei denkt: Den Auftrag hätte ich nicht annehmen dürfen! Er sagt aber: »Ein schöner Tag heute!«

Es ist ein Maitag, kühl und sonnig. Sein Licht blendet Teos an Lampenlicht gewöhnte Augen. Irene, seine Frau, liegt im Bett und frühstückt. Sie hat den Oberkörper halb aufgerichtet und die Beine so angezogen, daß sie das Tablett mit Bauch und Knien halten kann.

Daß Teo seine Gedanken nicht ausspricht, hat nichts mit Heuchelei zu tun, nur mit Rücksichtnahme. Er will die Morgenfröhlichkeit Irenes nicht stören. Die Sorgen, die ihn bedrücken, werden nicht leichter, wenn er sie mit ihr teilt.

Irene aber will ihre Fröhlichkeit mit ihm teilen. »An solch einem Tag muß alles gut gehen!« sagt sie in einem Ton, den sie den ganz, ganz lieben nennt, mit einem Gesicht, das ausdrückt: Das ist nicht Tröstungsversuch, das ist feste Überzeugung, mit einer Geste, die ihn vom Fenster weg und zu ihr hin zieht, zur ersten Morgenzärtlichkeit, die ihm wohltut, seinen Gedanken aber keine andere Richtung geben kann.

Er ist, wie es seinen Angewohnheiten entspricht, schon korrekt gekleidet, mit Anzug, weißem Hemd, Krawatte. Seine dürftigen Haarsträhnen sind glatt gekämmt, sein Gesicht rasiert, seine Miene beherrscht, ruhig, freundlich. Er sitzt auf ihrem Bett, sieht ihr beim Essen zu, ißt selbst nur Tabletten, trinkt einen Schluck aus ihrer Kaffeetasse mit und raucht die vierte Zigarette dieses Morgens; denn er ist seit fünf munter, nach schlechter Nacht mit Magenschmerzen und Alpträumen. Davon erzählt er, weil er hofft, im Ge-

spräch die Schatten aufhellen zu können, die seit Tagen sein Gemüt verdunkeln.
Kein Gesprächspartner ist dazu so gut geeignet wie seine Frau. Ihr Seelenmeer ist immer licht und glatt; schwarze Gedanken versinken in ihm, die schweren natürlich schneller. Obenauf bleibt Freudiges, Leichtes, an diesem Morgen das Beglückende völligen Ausgeschlafenseins, der Duft des Kaffees, die Wetterlage, die Harmonie dieser Ehe, die Sicherheit ihres Lebens. In ihr ist Ruhe und Fröhlichkeit genug, um anderen davon abzugeben. Darin sieht sie ihre Pflicht, eine, die sie erfüllen kann, die sie gern erfüllt. Teo ist ihr immer dankbar dafür.
Auch die Frage, die sie ihm nun stellt, hat damit zu tun. Er ist bekümmert wegen der Rede, die er am Nachmittag bei der Preisverleihung zu halten hat. Sie versucht jetzt seine Sorge umzuwandeln in Vorfreude auf das Danach, das Überstandenhaben, indem sie fragt, ob sie am Abend vielleicht schon würden draußen sitzen können, vor dem Haus, auf der Terrasse, im Lenzduft des Gartens, zum erstenmal in diesem Jahr.
Er merkt sofort, daß ihr Versuch vergeblich ist: Ihren Riesensprung über den Sorgenberg kann er nicht mitmachen. Da sie ihm aber wichtiger ist als alle Sorgen der Welt, kann er sie auch nicht traurig machen, indem er den Mißerfolg ihrer Bemühungen merken läßt. Er strengt sich also an, Abgelenktheit zu zeigen, äußert sich über die zu erwartenden Nachttemperaturen und fragt nach der noch immer nicht getroffenen Auswahl der einzuladenden Gäste. Außer Krautwurst, der immer und überall dabei ist, steht lediglich fest, daß Paul Schuster, der Preisträger, kommen soll, mit Frau natürlich, falls es eine gibt.
Pauls unbekannte Frau wird Irenes großes Morgenthema. Sie erfindet eine Unzahl weiblicher Personen, denen nur die Fähigkeit perfekten Maschinenschreibens gemeinsam ist. Sie weiß doch schließlich, welchen Typ Paul bevorzugt, was ihn an Frauen anzieht, was abstößt, was er braucht oder zu brauchen meint. Zwar ist ihr Wissen achtzehn und mehr Jahre alt, aber da ihrer Meinung nach viel Seelisches schon in der Kindheit zum lebenslangen Gebrauch vorgeprägt wird (die Richtung, in die die Liebe fällt, zum Beispiel), glaubt sie dem keine Bedeutung beimessen zu müssen.

Sie ist hinreißend, wenn ihr stets brennendes Interesse an anderen Leuten ihre Phantasie ausschweifen läßt. Längst ist vergessen, wie absichtsvoll sie das Gespräch begonnen hat. Sie hat Teo ablenken wollen und nur sich selbst abgelenkt.
Sie ist sehr neugierig auf diese Frau, mehr als auf Paul selbst und auf eventuell vorhandene Kinder. Ob Schusters sich mit Krautwursts verstehen werden, mit Fräulein Hesse, mit Professor Liebscher?
Sie weiß also schon genau, wer eingeladen werden soll. Teo hat nur etwas gegen Liebscher, besteht aber nicht auf seiner Ablehnung, als Irene ihm zu verstehen gibt, daß sie sich in Fragen des Takts, der Diplomatie, des gesellschaftlichen Umgangs zuständiger fühlt als er, der mit seiner Arbeit und seinen Moralbegriffen oft zu hoch über der Wirklichkeit schwebt, um sie noch richtig erkennen zu können.
Sie meint das nicht ganz, aber doch fast ernst. Der Ton lichter Selbstironie gilt vorwiegend ihrer Ausdrucksweise. Mit ihm entschuldigt sie sich für dumme Redensarten, wie: Was sein muß, muß sein! – überflüssigerweise; denn sosehr er die auch haßt und bei Kollegen und Studenten nie durchgehen läßt, sowenig stören sie ihn bei ihr. Es gibt überhaupt nichts an ihr, was ihn stört.
Als er hört, daß Tochter Cornelia ihr Zimmer verläßt, küßt er Irene (vorsichtig, um das Tablett nicht umzuwerfen) und steht auf. Ob der Professor Fondue mag, will Irene noch wissen.
»Frag ihn«, sagt er und »Du rufst an?«, schon von der Tür her.
Die letzte Frage gehört seit anderthalb Jahrzehnten zum Abschiedsritus der beiden. Für ein so sehr aufeinander angewiesenes Paar ist die Trennungszeit eines Arbeitstages zu lang. Sie muß unterbrochen werden durch ein Telefonat, dessen Zeitpunkt selten festgelegt werden kann, da Irenes Arbeit Zeitplanung schlecht zuläßt.
Offen bleibt auch, ob Irene der Feierlichkeit beiwohnen soll oder nicht. Die drei polnischen Obsthandelsfachleute, die sie sprachlich zu betreuen hat, beanspruchen sie sehr. Auch weiß sie nicht, was Teo lieber ist. Er würde es ihr gern sagen, da sie sich doch danach anziehen muß, weiß es aber selbst nicht.
Sie wohnen als Untermieter in einem Vorort, dessen Name, in dem der eines Kaisers vorkommt, auf die Zeit seiner

Gründung schließen läßt. In Herrn Birts Kleinvilla in der Waldstraße, einem unauffälligen Haus mit Satteldach und Zentralheizung, gehören ihnen zwei von den vorhandenen vier Zimmern. Küche, Bad und Toilette benutzen sie mit Herrn Birt gemeinsam. Auch der Garten steht ihnen zur Verfügung; zu arbeiten brauchen sie in ihm nicht, sie müssen ihn nur bewundern. Aber diese Pflicht erfüllt Irene für alle drei. Ihr vor allem haben sie es zu verdanken, daß es mit dem Vermieter nie zu Reibereien kommt. Er mag Irene sehr. Teo ist noch nie einem Menschen begegnet, der sie nicht gemocht hat.

Das kleine Zimmer bewohnt Cornelia. Das andere, durch eine Glastür mit der Gartenterrasse verbunden, ist Schlaf- und Wohnzimmer der Eltern. Hier steht auch Teos Schreibtisch. Er kann gut arbeiten, wenn Irene im Zimmer ist, selbst wenn sie den Fernsehapparat laufen läßt. Sie kann gut schlafen, wenn er arbeitet, abends, nachts oder morgens. Sie hat einen festen Schlaf. Wenn er sich zu ihr unter die Decke legt, knurrt sie wohlig, schiebt ihre Hand unter seinen Arm und schläft weiter. Sie haben nur ein Bett; nicht aus Sparsamkeit oder Platzmangel, sondern weil sie nur eins brauchen.

Zu den Eigenarten, die sich im Laufe einer langen Ehe herausbilden, gehört bei ihnen, daß jeder den anderen beim Anziehen allein läßt. Da sie selten gezwungen gewesen sind, zur gleichen Zeit aufzustehen, hatten sie sich nie daran gewöhnt, einander in Unterwäsche zu zeigen. Er geht deshalb, das unfertige Referat unter dem Arm, über den Flur, in Cornelias Zimmer hinüber.

Dort steht der Arbeitstisch in der Fensternische. Teo räumt Bücher, Briefe und Platten beiseite, schlägt seinen Aktendekkel auf und versucht vergeblich, sich zu konzentrieren. Das Haus ist zu hellhörig. Im Wohnzimmer schlägt die altersschwache Empireuhr rasselnd neunmal. Es ist also halb acht. Wenn er dabei ist, hält Cornelia sich bei diesem Lärm demonstrativ die Ohren zu und verdächtigt ihn, das alte Stück, das immer schneller sein will als die Zeit, die es zeigen soll, nur der Mode wegen zu schätzen. Daß er es mag, weil sein Vater, der es von seinem Vater übernommen hat, es gemocht hat, glaubt sie ihm nicht.

Irene beklagt sich nicht über die Uhr, duldet sie Teos wegen, sieht aber ihren einzigen Vorteil darin, daß ihr Lärm auf die Stille aufmerksam macht, die dort draußen herrscht und nur an Wochenenden unterbrochen wird, wenn die Berliner in die Natur flüchten. Aber das ist fröhlicher Lärm, und der stört Irene nie. Heitere Menschen sind ihr sympathisch. Ernst läßt sie nur gelten, wenn er als Folge von Ergriffenheit oder Begeisterung auftritt. Traurigen, gleichgültigen oder bedrückten Leuten gegenüber kann sie ungerecht sein. Wenn Ausländer, mit denen sie umgehen muß, Heimweh haben oder sich vom ungewohnten Klima bedrücken lassen, muß sie, die Freundlichkeit selbst, sich zu ihr zwingen. Wenn ihrer Tochter jede Kleinigkeit zum Problem wird, empfindet sie das als ungehörig. Wer schon nicht fröhlich sein kann (und wer kann das nicht in dieser Zeit, in diesem Land), kann sich wenigstens fröhlich geben. Sie kann es doch auch, hat es immer gekonnt, wenn sie von der weit zurückliegenden Zeit mit Paul absieht.

Aber daran denkt sie selten und schon gar nicht an diesem Tag, an dem sie ihm so unbefangen wie möglich gegenübertreten will. Sie will diesen Tag genießen wie jeden sonst, vom Anfang bis zum Ende, den Kaffee, den Honig, die Zigarette, den Sonnenschein, das Bad, beim Abtrocknen ihr Bild im Spiegel, ihre Haut, die auch im Winter nicht weiß wird und nach dem ersten Sonnenbad so braun wie die Brötchen, die Teo heute früh schon geholt hat. Sie ist eben so ein brauner Typ und natürlich stolz darauf wie andere auf Blässe, auf dicke Beine, dünne Beine, und wie sie selbst einmal auf ihren Busen war, aus dem der Stolz sich rechtzeitig zurückgezogen hat in andere beständigere Teile ihres kleinen Körpers. Mit beiden Händen formt sie ihre Brust so, wie sie früher gewesen ist, lacht sich sofort aus dafür, findet sich lachend aber schön und lacht sich an, bis sie sich dumm vorkommt, was ihr beim Schminken nie passiert: Das ist ernste Arbeit. Sie hält es für ihre Pflicht, den Leuten zu gefallen, tut überhaupt fast alles anderen zuliebe im Gegensatz zu den Männern, die alles der sogenannten Sache wegen zu tun behaupten und sich dabei besser vorkommen. Als seien Sachen wichtiger als Menschen! Teo freut sich über ihre altruistisch verbrämte Eitelkeit, gestattet ihr aber auch über seine zu lächeln, die er Pflichtbewußtsein nennt.

Er hört sie aus dem Bad kommen und über den Flur in die

Küche gehen. Der Tochter, die um diese Zeit dort stehend frühstückt, zeigt sie sich erst jetzt, tagfein gemacht, um ein Beispiel zu geben, das leider keine Nachahmung findet. Daß Cornelia mit siebzehn noch unfähig ist, sich passend anzuziehen, ist schlimm für die Mutter, schlimmer, daß sie sich sträubt, es zu lernen, und theoretische Begründungen dafür zur Hand hat, ein bißchen früh also schon die Methode anwendet, nicht nach Grundsätzen zu leben, sondern die bequemste Art zu leben mit Grundsätzen zu untermauern. Sich hübsch zu machen, was für Irene so wichtig ist, nennt sie: Ablenkung vom Wesentlichen, Irenes Ermahnungen: Spießerweisheiten.
In ihrer abgeschabten blauen Leinenhose, die sie täglich trägt, sieht sie aus wie armer Leute Kind, findet Irene und schämt sich für sie, ist aber klug genug, es sich nicht merken zu lassen. Sie will den Kontakt mit ihr nicht ganz verlieren. Die Gefahr ist groß, hat sich seit einem halben Jahr sehr verstärkt. Seitdem nämlich ist Cornelia von stetigem Trübsinn befallen, der sich manchmal zu Streitlust mit Wutanfällen steigert, manchmal in Tränen auflöst. Die Richtung, aus der die Ursachen dieser Gemütsverdunkelung stammen, vermuten Irene und Teo natürlich, aber sie wissen nichts. Als ein Weinkrampf einmal in Zärtlichkeit für die Mutter endete, wagte Irene direkt zu fragen, mit dem Erfolg, daß die Tochter sich mißtrauisch von ihr zurückzog.
Teo ist da geschickter. Er nimmt sie selbstverständlich als das, was sie ist, und läßt sich nicht anmerken, daß er sie gern anders hätte. Manchmal dankt sie ihm das durch Vertrauen. Da Irene sich dem Kind nicht mehr gewachsen fühlt, ist sie froh darüber und keine Spur eifersüchtig. So war das immer in ihrer Ehe: Was der eine nicht kann, kann der andere. Aber die Ursachen von Cornelias Unglück erfuhr auch Teo nicht.
»Ich an deiner Stelle würde eine Viertelstunde früher aufstehen!« sagt Irene.
Teo hätte das nicht gesagt, hätte es aber auch nie so sagen können: ganz ohne Vorwurf, freundlich, lächelnd, nur als guten Ratschlag, der aber keine Beachtung findet.
Die kauende Cornelia weist mit dem Finger auf den Küchenschrank, an den ein Zettel geheftet ist:
»Sehr geehrte Frau Overbeck!. Verzeihen Sie bitte, wenn ich

Sie darauf aufmerksam mache, daß nachts wieder Licht in der Küche brannte. Mit besten Wünschen für den heutigen Tag Ihr Johannes Birt.«
Teo lernt es nie, sich nicht darüber zu ärgern. Wenn Birt sich jemals in der Nähe seiner frisch geschriebenen Zettel sehen ließe, würde er unwirsch werden, würde er ihm zum Beispiel den Vorschlag machen, die gesamte Stromrechnung immer allein zu bezahlen, was Birt sicher kränken würde. Es geht Birt wohl nicht um das Geld. Er braucht nicht viel. Ihm geht es wohl mehr um den Kontakt mit Irene, die mit der gleichen Freundlichkeit, mit der er seine Zettel formuliert, ihn mit Erklärungen besänftigt.
»Sicher war Vater wieder der Verbrecher«, sagt Cornelia. »So viel Zerstreutheit dürfte er sich eigentlich erst leisten, wenn er endlich mal Professor ist. Warum verbringt er eigentlich seine Nächte wieder mit Kamillentee?«
»Er macht sich Sorgen um sein Referat«, antwortet Irene.
»Nicht vielleicht um dich? Schließlich handelt es sich bei dem Schuster doch wohl um deinen Verflossenen.«
Da stimmt Irene ihr Lachen an, das Teo und jeden anderen (die Tochter vielleicht ausgenommen) immer entzückt. Und das ist eine überzeugendere Antwort, als wenn sie mit dem Pathos der Wahrheit gesagt hätte: Um mich hat sich der Papa noch nie Sorgen zu machen brauchen!
Die Tochter entgegnet nichts mehr darauf, nimmt ihre Tasche und eilt aus dem Haus. Irene räumt das Morgengeschirr in die Abwaschschüssel. In Teo aber wird durch ihr Lachen für einen Moment ein Gefühl der Geborgenheit vorherrschend, das mit dem seiner Kinderzeit verwandt ist: Man liegt im Bett, hat Kälte und Feindseligkeit des Tages hinter sich, gleichmäßig atmet die kleine Schwester im Schlaf, und die halblauten Stimmen der Eltern nebenan garantieren, was draußen auch geschehen mag, Schutz und Sicherheit.
Wenig später geht auch Irene. Teo kann sie von seinem Fensterplatz aus aus dem Haus treten sehen. Im hellen Kostüm steht sie vor der Tür und atmet mit Wohlbehagen die morgenkalte Luft. Sie hält sich gerade und hebt den Kopf etwas: Ihre Hoheit, die Dolmetscherin Irene Overbeck, Frau des Dr. Teo Overbeck, ist bereit, die Welt mit ihrer Freude an ihr zu erfreuen. Von den kleinen drei Stufen herunter lächelt

sie der Sonne zu, dem schwachen Wind, den Bäumen und findet sofort einen Untertan, der schon auf sie gewartet hat, um Entschuldigungen entgegenzunehmen und ihr die neuesten Gartenwunder zu zeigen.
Vergleiche mit Rehen, Gazellen, edlen weißen Vögeln fallen Teo immer ein, wenn er sie gehen sieht neben dem schwerfälligen alten Mann, auf ihren Mannequinbeinen, leicht, luftig, beweglich. Federleicht ist auch ihre Stimme, wenn sie vom Magenleiden ihres Mannes erzählt, und wie ein Hauch der Ton, der ihre Freude an Birts Blumen hörbar macht, kein Lachen, noch weniger ein Kichern, ein ganz leiser Seufzer vielleicht, der sich irgendwo aus ihrem Innern löst. Damit hat sie schon jeden Widerstand besiegt, und Herrn Birt könnte sie auf die Knie zwingen damit. Noch lange steht er am Zaun und winkt ihr nach, obwohl seine schlechten Augen sie nicht mehr sehen. Er weiß, daß sie sich noch einmal nach ihm umdrehen wird, bevor sie in die Bahnhofstraße einbiegt.
Teo starrt wieder auf seine Papiere, blättert in Geschriebenem, das nachmittags Rede werden soll. Noch fehlt ihr der Anfang, noch fehlt ihr das Ende, noch fehlt dem Hauptteil der tragende Gedanke. Viel steht schon da, doch fehlt eigentlich alles. Er beginnt zu schreiben, beginnt von neuem, unermüdlich, nährt die Hoffnung, daß jede Arbeit Produkte erzeugt, daß rechtem Fleiß der Preis nicht vorenthalten wird. Noch immer weiß er nichts zum Ruhme des zu rühmenden Buches zu sagen, kann dieses Nichts in sechs Seiten ausdrükken, braucht aber zwölf bis fünfzehn, die leicht zu füllen wären, wenn er die Hemmung eigenen Urteils lösen könnte.
Professor Liebscher hat ihn beauftragt, weil er von seiner Freundschaft mit Paul weiß. Man erwartet persönlich gehaltene Worte. Die kann er ehrlichen Herzens reden: Vielleicht erinnerst du dich noch an den Sommerabend in deinem Heimatdorf ... Als erster Leser deines ersten Werkes ... Ich war Student im dritten Semester, als der Name Paul Schuster mir zum erstenmal ...
Darin liegt die Schwierigkeit nicht, nicht bei der Person, sondern bei der Sache, beim Buch.

2

Neunzehn Jahre vorher waren Teo Overbeck und Paul Schuster sich zum erstenmal begegnet. Einigen Studenten, die als Erntehelfer in die Südostecke der Mark geschickt worden waren, war der Auftrag erteilt worden, eine Dorfjugendgruppe zu gründen. Sie hatten die paar jungen Leute, die in die stillgelegte Gaststätte gekommen waren, mit Gedichten und Reden gelangweilt und verzweifelt gegen ein Schweigen andiskutiert, dem sie schließlich selbst erlagen, bis Teo der rettende Einfall kam, jeden Anwesenden zu Namensnennung und Lebensbericht zu verpflichten. Er selbst begann beispielgebend, erzählte vom proletarischen Vater, der ihn schon in faschistischer Zeit antifaschistisch denken gelehrt hatte, von der Zwangsmitgliedschaft in HJ und Wehrmacht, von frühen literarischen Neigungen, die ihn zum Germanistikstudium getrieben hatten. Teils albern, teils verlegen, teils selbstgefällig versuchten die anderen, es ihm nachzumachen. Nur Paul brummte verärgert, das Beispiel nicht achtend: sein Vater wäre Tischler, er Fischer und hieße Schuster. Ob sein Vater selbständig wäre, wollte Teo wissen. Ja, aber im Westen. Und wo war die Mutter? Ebenfalls drüben, geflüchtet. Paul war allein zurückgekommen, ergänzten die anderen.
Das war genau das, was Teo für seine Schlußrede brauchte. Pauls Leben bekam in ihr runde, handliche Formen, wurde verwendbar gemacht trotz Einspruch des Urhebers, der »Quatsch!« murmelte und in die Nacht floh, am nächsten Abend aber von Teo gestellt und durch Beharrlichkeit zum Reden gebracht wurde.
Eine Gudrun hatte ihn zurückgezogen, ein blondbezopftes junges Mädchen. Und die junge Republik? Da wehrte Paul ab, nannte sich unpolitisch und war von der Erklärung, daß sein Entschluß ein durchaus politischer gewesen war, wenig beeindruckt, interessierte sich aber für die Bedeutung des Wortes objektiv. Teo, der auf sein Wissen nicht wenig stolz war, erklärte gern.
Wenn man das Verhältnis zwischen Missionar und Eingeborenem so bezeichnen will, war es eine Freundschaft, die vierzehn Tage dauerte und nach Weihnachten neu begann, als Paul unangemeldet in der Tür von Teos Ladenwohnung

stand und ihm drei vollgeschriebene Schulhefte überreichte. Er hätte aufgeschrieben, wie alles gewesen wäre, sagte er und zwang Teo zum sofortigen Lesen. »Die Rückkehr. Ein Lebensbericht« stand auf den Titelblättern.
Es war aber nur ein Teil seines Lebensberichts, der Teil, in dem er für nichts als dieses Mädchen gelebt hatte. Vier Jahre hatte er vergeblich um sie geworben, im fünften hatte die Andeutung eines Abschiedskusses ihn glücklich gemacht, im sechsten hatte ein Brief, in dem neben vielen Nebensächlichkeiten auch zu lesen war, daß sie ihn vermißte, ihn zurückgeholt in sein Heimatdorf, wo sie ihm gestand, daß inzwischen ein anderer es besser mit ihr gekonnt hätte als er.
Obwohl Teo von der unpolitischen Sicht der Vorgänge entsetzt war, ergriff ihn das Leid, das sich hier unbeholfen und trivial zu artikulieren versuchte. Auch bewunderte er den Mut und die Energie dieses Fischers, der ihm um Mitternacht erklärte, er wollte Schriftsteller werden, und hoffte, das bei ihm lernen zu können.
Teo, an seine Reden von Chancengleichheit für alle erinnert, kapitulierte. Er bot Paul den unbenutzten Ladenraum, der zwar keine Fensterscheiben, aber dichte Rolläden hatte, als Übergangswohnung an, machte Streichungs- und Erweiterungsvorschläge, korrigierte Grammatik und Rechtschreibung und gab das Manuskript weiter.
Ein Verlagslektor glaubte bei Paul Begabung entdecken und aus dem Bericht durch Erweiterung und Veränderung ein Buch machen zu können. Daraufhin lehnte Paul Teos Plan eines ABF-Besuches ab. Er wollte nichts als schreiben, schrieb auch täglich, abends und nachts, arbeitete tagsüber bei einem Kohlenhändler, las sonntags Teo vor, schrieb wieder neu, bis ihn nach Monaten Verzweiflung packte, ihn durch die Stadt, in Kneipen, auf Parties, in Mädchenarme und schließlich in sein Heimatdorf trieb, wo er wieder zu sich kam. Seine Rückkehr war dann unauffällig. Eines Tages, als Teo aus der Universität kam, saß Paul wieder am Schreibtisch und begegnete Vorwürfen mit der Behauptung, er brauche diese Siede- und Tobezeiten eben, was Teo, den Undiszipliniertheit immer erregte, sich so übersetzte: Ich Künstler bin eben anders als du Pedant!
In einer dieser Bummelzeiten geriet Paul dann an Stelle von Teo, der zu arbeiten hatte, auf das Studentenfaschingsfest,

wo das braune Gesicht eines müden Hawaiimädchens ihn das blasse der treulosen Gudrun endlich vergessen ließ.
Am folgenden Morgen sah Teo Irene zum erstenmal. Ungewaschen, ungekämmt, ungeschminkt, mit kaum erwähnenswerter Unterwäsche und viel zu großen Pantoffeln bekleidet, trat sie in die Küche und in sein Leben, heftig gähnend. Als sie ihn sah, erschrak sie. Mit mühsamem Anstand sagte sie ihren Morgengruß und fragte, als hätte sie Recht dazu, ihn, den Besitzer (oder besser: Hauptmieter) der Wohnung, wer er wäre und was er dort triebe.
Das war am zweiten Tag der Semesterferien, morgens, sieben Uhr fünfunddreißig, also schon fünf Minuten später als nötig, um, wie er es sich zur Pflicht gemacht hatte, bei Öffnung der Bibliothek vor deren Tür zu stehen. Der Tee war noch nicht gebrüht, der Speck, der um diese Zeit bereits glasig, wenn nicht schon bräunlich zu sein hatte, noch nicht geschnitten, die Fähigkeit, ohne Nervenstrapazen zu reden, vor acht Uhr nicht vorhanden, das Buch auf dem Frühstückstisch schon aufgeschlagen, jede Störung also unerwünscht und das einzige Mittel, ihr zu begegnen, völlige Reaktionslosigkeit. Er antwortete also nicht, schnitt Speck ab, überhörte den zweiten Morgengruß, goß Tee auf, schnitt den Speck in Längsstreifen, ignorierte den dritten Gruß, schnitt den Speck quer, zündete Gas an, wartete auf die nächste Wiederholung, stellte die Pfanne auf, warf den Speck hinein und, durch ihr Schweigen irritiert, einen bösen Blick zur Tür, der wider Willen genau die Stelle traf, die das bißchen Unterhemd mehr betonte als bedeckte, was ihn verlegen machte, vielleicht sogar erröten ließ und ihn veranlaßte, den Tee über den Speck zu gießen.
Das von ihm erwartete Hohnlachen kam nicht, dafür ein kleiner Schreckensschrei und schnelle Schlürfschritte. Sie schob ihn zur Seite, hatte schon ein Sieb in der Hand, nahm die Pfanne vom Feuer, goß den Tee durch das Sieb in den Ausguß und tat den Speck in die Pfanne zurück.
Da sagte er das erste Wort zu ihr. »Danke!« hieß das. Und weil er sie ihrer mangelhaften Bekleidung wegen nicht ansehen konnte dabei, sagte er es zum Fenster hin, wo sein Blick auf den Bademantel fiel, der die zerbrochene Scheibe verdeckte. Er wies mit der Hand dorthin und sagte das zweite Wort: »Bitte!« Und als sie den Mantel angezogen und die

Ärmel so weit aufgerollt hatte, daß ihre Hände zu sehen waren, deutete er eine Verbeugung an, sah ihr zum erstenmal ins Gesicht und sagte seinen Namen, worauf sie zum erstenmal lachte, was ihn, wie er später behauptete, nicht entzückte, sondern irritierte wie vorher die viele Haut.
Und er ging zur Pfanne zurück und schlug ein Ei über den Teespeck, während sie den Satz sagte, mit dem die Geschichte seines Kampfes gegen, um und für sie eigentlich erst begann. Sie sagte: »Ab morgen habe ich meine eigenen Sachen hier«, was doch nur bedeuten konnte, daß sie sich festzusetzen gedachte.
Selten in seinem kurzen Leben war er so ärgerlich und hilflos gewesen wie an diesem Morgen. Schließlich gehörte ihm die Wohnung; er hatte sie aus Freundschaft, Verantwortung, oder wie immer man das nennen wollte, mit Paul geteilt und alle sich daraus ergebenden Störungen seiner Arbeit hingenommen: die nächtlichen Saufereien, die Mietrückstände, die Unordnung und selbst die fragwürdigen Mädchen, die an Spätvormittagen mal aus dem Ladenraum kamen, mittags verschwanden und nie von Wiederkommen redeten oder gar vom Bleiben wie die jetzt, die gleich Hausfrau spielte und so dumm war, irgendwelchen unvorsichtigen Bettschwüren zu glauben. Daß sie nicht lange bleiben würde, war klar, aber auch Tage und Wochen genügten zum Ärger, der vielleicht gar nicht so rein nur das war, vielleicht auch Neid, vielleicht auch sofort Eifersucht, vielleicht auch Gram über die Ungerechtigkeit, die in diesen (auf seiner Lebenskarte noch weißfleckigen) Bereichen herrschte, vielleicht von allem etwas, an der Oberfläche aber vor allem Ärger: über die neue Form von Unruhe und die zu erwartende Verwirrung, die er bei ihrem Lachen über seine Korrektheit schon gespürt hatte.
Als sie ihm gestand, keine Zahnbürste bei sich zu haben, reagierte er gegen seine Natur bissig: Das Notwendigste müßte sie eben ständig in der Handtasche haben, um immer bereit zu sein.
Es bestürzte ihn sehr, wie sie auf diesen Beleidigungsversuch reagierte. Sie war nicht empört, nicht verstimmt. Sie tat, als sei ihm ein Witz mißlungen, zeigte lächelndes Mitleid, um Peinlichkeit zu verdecken. Beleidigungsabsichten traute sie ihm einfach nicht zu – genausowenig wie später Annäherungsversuche. Vom ersten Küchenmorgen an drängte sie

ihn in die Rolle des guten Kameraden, des Sorgenabnehmers, des Ratgebers, des Beichtvaters, der alles wissen darf, weil er verschwiegen ist, des guten Freundes, der alles sehen darf, weil männliche Regungen bei ihm nicht vermutet werden. Und er nahm die Rolle widerstandslos an, protestierte nicht, wollte (vorerst) keine andere, fügte sich, war bemüht, sie, so gut es ging, zu spielen, und wunderte sich nicht, wie hervorragend er es konnte. Denn es war die richtige Rolle für ihn. Er konnte sich selbst spielen oder einen Teil von sich. Was er vorher für einen, nämlich für Paul, gewesen war, wurde er nun für zwei: Wegweiser, Leuchtturm, Gesetzestafel, Standbild der Ordnung. Der Vorteil der Zwangsrolle, den er allerdings später als solchen erkannte, war, daß er ständig über die Beziehungen zwischen den beiden informiert war.

Zwei Hauptsorgen bedrückten Irene ständig: das fehlende Geld und ihr Verhältnis (oder Mißverhältnis) zu Pauls Schreibarbeit.

Sie führte damals drei Listen: eine, die kürzeste, über die Einnahmen, eine über die Ausgaben und die dritte und längste über die Schulden. Aber reicher wurden sie dadurch nicht, und selbst Lehren zu ziehen war nicht möglich, weil kein Monat dem anderen glich. Mal fiel ihr Leistungsstipendium weg, mal wurde seine Arbeitsbeihilfe gekürzt oder gestrichen, mal hatte er Nebeneinnahmen, mal sie, mittlere, kleine, keine, große nie. Am kärglichsten waren die Monate, in denen es mit Pauls Buch gut voranging. Dann bekam der Kohlenhändler seinen Hilfsarbeiter nicht zu sehen, und Irenes Schreibkunden mußten sich gedulden, da sie in jeder freien Stunde müde und hungrig an der Maschine saß, zum zehnten Mal das erste Kapitel tippte und dabei an Verdienstmöglichkeiten dachte: weil die Miete fällig war, weil kein Freund mehr borgte, weil sie Zwiebelleberwurst nicht mehr riechen konnte. Neben ihrem Studium schrieb sie für Geld, übersetzte sie für Geld, strickte, nähte, putzte, wusch und flickte sie für Geld, bis ihr jemand einen Job in einer Westberliner Druckerei anbot: täglich von achtzehn bis dreiundzwanzig Uhr, eine Westmark die Stunde, dreißig Ost pro Abend, wenn man nicht Zigaretten und Kaffee mitbrachte oder mal ein Paar Strümpfe, leichte Falzarbeiten an Schallplattenprospekten (Hitparade I, II, III, IV), hundert-, tausend-, zehntausendmal die gleiche Bewegung, um neun eine Tasse Kaffee,

trotz Falzbein Hornhaut am rechten Daumen, die man sich aufs Trommelfell wünschte, weil der Alte, der sich vorgenommen zu haben schien, sämtlichen Klischeevorstellungen zu entsprechen, als leutseliger Aufpasser vor ihnen saß und immerfort redete: von der Zeit, in der er wieder Heeresdienstvorschriften würde drucken können, und von dem, was er seine Philosophie nannte: Unglück ist seelische Schuld oder Mangel an Einsicht, denn die Seele ist die gewaltige Kraft, die am meisten gedachten Gedanken materialisieren sich am stärksten, wer sich vor Armut fürchtet, zieht sie heran. Man durfte (falzend) mit ihm diskutieren, wobei ihm marxistische Gegenargumente die liebsten waren. Aber als er das Herr seiner Oststudenten vergrößerte und Arbeiter entließ, drohte die Gewerkschaft mit einem Prozeß, und er gab klein bei und wollte nur Irene behalten als Sekretärin, von achtzehn bis dreiundzwanzig Uhr, in seiner Wohnung. »Warum nicht?« sagte Paul. »Wenn er gut zahlt. Was hältst du von diesem Kapitalanfang?«
Nach morgendlichem Küchengespräch mit Teo machte sie dessen Entrüstung zur ihren und verkaufte sich als Aufwartung an einen sozialistischen Architekten, dem Tee nur aus hauchdünnem Chinaporzellan schmeckte, das sie servieren und abwaschen mußte, bis die ständig steigende Angst vor Scherben sie flüchten ließ zu einem Arzt, dessen Behandlungsräume von sechs bis neun Uhr früh zu säubern waren, was Vorlesungsschlaf und Zwischenprüfungsdurchfall zur Folge hatte.
Die Exmatrikulation war eine Erleichterung für sie. »Jetzt bin ich nichts als deine Frau.«
Am Tage arbeitete sie als Telefonistin beim Chemiegroßhandel, abends schrieb sie die sechzehnte Fassung des ersten Kapitels oder lauschte der sechsten des zweiten oder der ersten des fünften.
Wenn Paul sagte, er wolle ihr vorlesen, war er glücklich, sie aber erschrak. Dann schob sie die Maschine beiseite, legte das Wischtuch weg, ließ die Suppe ungekocht, setzte sich, war aufmerksam – und begann sich zu quälen. Denn nie fand sie heraus, wie sie sich verhalten mußte, um sein Glück nicht zu stören.
Sie mußte Zeit haben für ihn, sofort, auf der Stelle, das war klar. Sie durfte nicht unruhig werden, auch nach Stunden

nicht, durfte nicht aufstehen, um die Rollos zu betätigen, Kohle nachzulegen oder das Licht im Korridor auszumachen. Sie durfte auch nicht stricken oder nähen oder Fingernägel feilen. Sie mußte Aufmerksamkeit zeigen, ihn ansehen, wenn er aufsah vom Text, um Wirkungen zu testen, mußte Ergriffenheit sichtbar machen, lächeln, Schmerz ahnen lassen. Aber das konnte sie ja. Schwierig war nur, zur rechten Zeit das Richtige zu tun, da sie nie sicher war, das Gelesene so aufzufassen, wie er es gemeint hatte.

Die große Qual aber begann erst danach. Wenn er schwieg, das letzte Blatt zur Seite legte, zur Zigarette griff und sie erwartungsvoll ansah.

Am Morgen in der Küche klagte sie Teo ihr Leid: Nie fand sie heraus, wie sie sich verhalten mußte, um ihn zufriedenzustellen – eine Klage, die Teo schon im Ansatz falsch fand. Anstatt zu fragen, ob es klug gewesen sei, dieses und jenes gesagt zu haben, sollte sie besser um Wahrheit besorgt sein! Sie sollte sagen, was sie wirklich empfunden hatte, nur das konnte Paul helfen!

Der gute, geradlinige (um nicht zu sagen: einfältige) Teo! Der wußte immer, was gut, aber nie was richtig war. Der ahnte nichts von der Unsicherheit, die andere beim Beurteilen von Gelesenem überfiel.

Oft genug hatte Irene erlebt, daß das, was Kompetentere als sie für Kitsch gehalten, sie gerührt und das, was man Kunst nannte, sie gelangweilt hatte. Wie kann man Urteile aussprechen, wenn man sie nicht hat, wie Empfundenes wahrheitsgemäß äußern, wenn man beim Zuhören auf eignes Verhalten achten muß und dazu noch seinen Empfindungen nicht traut, ihnen beim Entstehen auflauert, sie zu korrigieren versucht (vielleicht in die falsche Richtung), sie oft dadurch im Keime vernichtet, weil man doch nie vergißt, daß man sie in dieser Stunde noch formulieren muß. Was war da Wahrheit, was Ehrlichkeit? Vielleicht nur das: daß sie alles gut fand, was Paul schrieb, aus dem einzigen und jedem Liebenden einleuchtenden Grund, weil er es geschrieben hatte. Das war kein Kunsturteil. Na schön, aber was war ihr schon die Kunst! Die hatte für sie die Bedeutung der Zuckerprise, die gute Hausfrauen angeblich an jedes Essen tun aus Pflichtgefühl, um nichts zu versäumen, den Erfahrungen anderer folgend, aus denen nie eigene werden. Denn schmecken darf

man die Süße nicht, man muß an ihre Notwendigkeit glauben wie an die der Kunst, die angeblich erst das menschliche Leben vollendet und rundet – wenn es bei einer winzigen Prise bleibt. Nein, Kunst bedeutete ihr wenig. Aber Paul bedeutete ihr alles. Und was er schrieb, war nicht Kunst für sie, das war Paul selber, ein Teil von ihm wie der Vollbart, den er sich in dieser Zeit wachsen ließ, wie sein schwerer, schaukelnder Gang, seine Haltung beim Essen, sein Baß. Sie hätte ihre Liebe zu diesem Bären verleugnen müssen, um schlecht finden zu können, was er schrieb. Sie lobte also.
Und wurde beschimpft. Eine Lobhudlerin nannte er sie, eine barmherzige Schwester, die den armen Schreibidioten schonen wollte, eine hirnlose Jasagerin, eine Arrogante, die ihm nicht mehr zutraute als dieses schale Zeug, und schließlich, ihr schwer verständlich, beschuldigte er sie der Habgier, ihr Interesse gelte einzig und allein schneller Fertigstellung und raschem Verkauf des Buches, weil sie nur an teure HO-Wurst dächte, an Apfelsinen und neue Gardinen.
Aber Kritisches, sagte sie früh in der Küche zu Teo, Kritisches, das sie sich mühsam ausgedacht hatte, bewirkte noch Schlimmeres. Dann senkte er den Kopf so weit, daß er Irene nur noch undeutlich hinter dem Gestrüpp seiner Brauen sehen konnte, und bat leise, mit mühsam versteckter Bösartigkeit um Konkretisierung ihrer Beanstandung, die sie schüchtern versuchte und sofort zurücknahm, wenn er sein Produkt zu verteidigen begann in einem Ton, der nur erlaubt gewesen wäre, wenn sie gesagt hätte, er sei ein Nichtskönner, ein Stümper, ein anmaßender Dorflümmel, dem es besser bekäme, reumütig an seine Reusen zurückzukehren. (Was sie niemals auch nur gedacht hätte.)
Vor diesem Ton erschrak sie immer wieder wie zum erstenmal, versuchte Beschwichtigungsworte, fand nur matte oder gar keine, fürchtete sich vor dem Haß, der eigentlich ihm selbst galt, nun aber auf sie übertragen wurde, und benutzte in letzter verzweifelter Notwehr als Waffe die Träne, die auch im Zeitalter der Gleichberechtigung noch eine Aufgabe zu erfüllen hat. Ein Kind, das nicht weint, bekommt die Brust nicht, und eine Frau, die einem komplexbeladenen Autor ausgeliefert ist, muß zu weinen verstehen, um die Flammen der Wut mit Tränen zu löschen. Was Irene auch immer gelang.

Ihre Morgenklagen wurden zu Anklagen, ihre Hilferufe zu Verzweiflungsschreien. Ihre einzige Hoffnung war die auf Beendigung des Buches und dessen Annahme durch den Verlag.

Der lang erwartete Tag war dann einer mit Regen, an dem man von früh bis spät Licht brennen und monotones Wassergeräusch an den Scheiben ertragen mußte. Die Exstudentin Irene saß in der Telefonzentrale und Pförtnerloge der Konfektfabrik VEB Die Praline vor einem aufgeschlagenen Lehrbuch der polnischen Sprache und lernte nicht, weil sie Passierscheine ausschreiben, Telefonhörer abheben, »Die Praline, Guten Tag, ich verbinde« sagen, Ferngespräche anmelden und in den Ruhezeiten Zeitrechnungen aufstellen mußte, Rechnungen mit vielen Unbekannten.

Denn wie sollte sie wissen, ob Paul tatsächlich um halb zehn die Wohnung verlassen hatte, ob er gegangen oder gefahren war, ob er um zehn den Verlag tatsächlich erreicht, nicht in einer Kneipe gerastet hatte, ob man ihn nicht stundenlang warten ließ (so, wie er den Verleger monatelang hatte warten lassen), ob man ja sagte oder ja – aber, ob man nein sagte oder nein – aber, ob er ruhig bleiben würde oder schreien, schimpfen, widersprechen, ob er vorher seinen Schnaps getrunken hatte, ob er ihn während des Gesprächs aus der Tasche zog oder erst nachher trinken würde, ob er wortlos unterschreiben oder unsinnige Forderungen stellen würde, ob und wann er daran denken würde, sie vom Ergebnis des Gesprächs zu verständigen. Unbekannte über Unbekannte.

Um halb acht begann ihr Dienst mit dem Frühstück, das ungestört blieb, da auch alle potentiellen Anrufer erst frühstückten. Um acht begann die Klingelei, erreichte gegen neun ihren Höhepunkt, wurde nach zehn schwächer, hörte mittags ganz auf und schwoll erst nach zwei wieder an, ohne aber die Stärke des Vormittags zu erreichen. Da die Spitzenzeiten der Telefonierer auch die der Besucher waren, wurden Irenes Nerven Strapazen ausgesetzt, die nur noch übertroffen wurden von denen des sogenannten Feierabends, an dem nicht hundert Anrufer und zwanzig Besucher sie nervten, sondern der eine Mann Paul, der sie als Einkäuferin, Schreibfräulein, Friseuse, Zuhörerin, Kritikerin, Putzfrau, Köchin und Geliebte benutzte, oft bis tief in die Nacht hinein, die für sie um sechs endete, während er sie bis mittags verlängern konnte, vielleicht auch an dem Entscheidungstag verlängerte, während man im Verlag darauf wartete, ihn mit dem Schicksal der vierten Fassung seines Romans (und damit mit seinem und des Telefonfräuleins Schicksal) vertraut zu machen.

»Die Praline. Guten Tag. Ich verbinde.«

»Zu wem möchten Sie? Ihren Ausweis bitte.«

»Die Praline. Guten Tag. Ich verbinde.«

»Erfurt vier-vier-fünf-drei. Es wird lange dauern.«

»Die Praline. Guten Tag...Teo? Was ist passiert?«

Nichts war passiert. Alles lief gut. Die liebe, etwas zu hohe Stimme des Küchenfreundes, die ihr allmorgendlich von sechs bis sieben, während sie Pauls Mittagessen vorbereitete, unnütze Ratschläge gab und vom Glücksanspruch des einzelnen predigte, sprach ihr jetzt Trost zu: Er, Teo, hatte ihm, Paul, seine Begleitung aufdrängen können. Mit Schnapsfahne zwar, aber gekämmt, ordentlich gekleidet, gefaßt, wortkarg, saß er jetzt im Verlag und hörte zu, aufmerksam, wie es schien. Man ging vorsichtig um mit ihm, sagte ihm ein großes Ja und ein ganz kleines Aber, die Änderungen würden ihn höchstens eine Woche beschäftigen, der Vertrag lag bereit, das Geld konnte nach Unterschrift sofort angewiesen werden, er, Teo, sei nur hinausgeschlichen, um sie zu verständigen, damit sie in Ruhe Mittag essen konnte, denn ein, zwei Stunden würde es noch dauern, eigentlich könnte sie sofort kündigen, mit dem Dolmetscher-Kurs sei alles klar, er hatte sich noch einmal vergewissert, am Ersten wartete man auf sie, war ja auch Zeit, diese Sklaverei im Zeitalter der Emanzipation des Menschen hätte er auch nicht länger mit ansehen können, und wenn sie mal wieder Rat und Hilfe brauchte, bei ihm waren sie zu finden, morgen oder nächstes Jahr, 1970 oder 84. Und dann sagte er, ohne Pause für eine Erwiderung zu lassen, seinen Gruß, der damals nur »Freundschaft« lautete.

Es knackte in der Leitung. Irene schrie seinen Namen, als ob durch Lautstärke Verbindungen wiederhergestellt werden könnten. Vom Glasfensterchen her aber sagte jemand, daß er zum Lagerverwalter wollte, und der zweite Apparat klingelte, und Irene sagte ihr »Die Praline. Guten Tag«, schrieb Namen, Adressen und Nummern auf Passierscheine, gab

Auskünfte und dachte dabei an den Abend zu dritt, der der erste fröhliche seit Jahren werden würde mit einem zufriedenen Paul und einer Irene, die wieder Geld und Zukunft hatte.
Am Mittagstisch begann sie schon, die Zukunft. Irene kündigte dem zuständigen Kollegen ihre Kündigung an, wurde aber nicht fertig damit, weil ihre Vertreterin durch die Kantine schrie: »Dein Mann will dich sprechen!«
Paul hatte sein Gesicht so an das Glas gepreßt, daß Nase und Kinn platt und weiß waren. Die Wangen waren vom Suff gerötet. Aus Bart und Brauen fielen Regentropfen.
»Komm«, sagte er.
»Was ist passiert?«
Nicht der Verlag hatte nein gesagt, sondern er. Als sie ihm erklärt hatten, warum sie sein Buch jetzt drucken würden, hatte er gemerkt, daß das seins nicht mehr war.
»Nun komm schon!«
Sie wußte, daß er dafür auch hätte sagen können: Ich liebe dich, ich brauche dich! Denn so war seine Liebe: Okkupation des anderen.
Sie starrte auf die Tropfen, die die Scheibe herabliefen, und dachte an die verlorenen Jahre, an die sinnlos gewordene Arbeit, die Entbehrungen, griff aber dabei schon nach Mantel und Kopftuch und warf Stullenpaket, Kaffeetasse und Sprachlehrbuch in die Handtasche. Obwohl ihr Herz blutete, ihr Geist rebellierte, folgte sie ihm: wie ein Hund seinem Herrn, ein Soldat dem Offizier, ein seit Jahrhunderten abgerichtetes Weib dem Gebieter – aber nur bis zur Haustür.
Dort stand Teo, ein zu schmal geratener Erzengel mit Regenschirmschwert. Paul schob ihn beiseite und ging in den Regen hinaus, ohne sich nach Irene umzudrehen.
Die gab Teo die Hand. Im Vorbeigehen. Aber der hielt sie fest; tatsächlich in den vier bis fünf Minuten seiner wohlüberlegten, hastig vorgebrachten Rede zum Thema Gleichberechtigungs-, Qualifizierungs- und Glückspflichten, bildlich sein Leben lang.
Während Paul durch Dunst und Nässe davontrottete, brachte der Freund die Frau ins Trockene, Warme, Sichere, zurück ins Portierkämmerchen zu tobenden Telefonen.
Irene hob einen Hörer ab, sagte: »Die Praline. Guten Tag!«

Aber nicht: »Ich verbinde«, sondern: »Ja.« Denn man fragte an, ob es ihr mit der Kündigung ernst war.
Es war ihr ernst. Auch mit dem Ja, das sie bald darauf auf dem Standesamt sagte.
Ohne es jemals zu bereuen.

3

Bis auf schwerfällige Eichen und vorsichtige Akazien ist schon alles grün. Irene sieht nach rechts, nach links, bleibt vor blühenden Vorgärten stehen und verschönt alten Damen mit Morgengrüßen den Tag. Sich selbst läßt sie ihn sich verschönen durch Bewunderung. Man findet sie liebenswürdig und reizend anzusehen und sagt es ihr. Sie fordert es nicht heraus, es wird ihr aber nie zuviel. Wahres kann nicht oft genug gesagt werden.
Das Selbstbewußtsein, das Grundlage dieser Haltung ist, hat ihr erst die Heirat mit Dr. Overbeck gegeben. Die Anerkennung, die ihr Mann ihr zollt, hat sie sich zu eigen gemacht. Die Sicherheit, in die sie geflüchtet ist, hat sie selbst sicher gemacht.
Als sie mit zwanzig aus der entferntesten mecklenburgischen Kleinstadt kam und jedes Wort, jede Bewegung das verrieten, war sie von ihrer Unzulänglichkeit überzeugt. Die große häßliche Stadt mit ihren redegewandten Bewohnern ängstigte sie. In ihr konnte man nur leben, wenn man ein Teil von ihr wurde. Und das traute sie sich damals nicht zu. Pauls Herrschaft über sie konnte sie in dieser Meinung nur bestärken.
Reste ihrer nordnordwestlichen, fast lübeckischen Herkunft versucht sie mühsam zu erhalten, indem sie noch immer Schorns-tein sagt und Bollerwagen und Feudel, auch wenn Cornelia lacht und Teo lächelnd nach Gründen bohrt und sie findet: Sie kann sich damit den Prozeß ihrer Entwicklung immer wieder bewußt machen, was nötig ist, wenn sie an die bescheidenen Eigenleistungen denkt, die ihr trotz Teos Rat und geduldiger Hilfe Kraft und Mühe genug kosten. Was sie ist, ist sie durch Teo. Als Verdienst kann sie sich eigentlich nur anrechnen, zur rechten Zeit ja gesagt zu haben.
Es ist eine Lust für sie, um diese Zeit mit der S-Bahn zu

fahren, die fast leer ist und fast sauber. Sie hat die Zeitung in der Handtasche, sieht aber lieber hinaus, obwohl die Gegend nicht weniger eintönig ist. Die Fenster sind halb geöffnet. Der Fahrwind spielt mit ihrem Haar. Wenn Wald oder Bahnhofsgebäude dunklen Hintergrund schaffen, wirkt die Fensterscheibe als Spiegel, und Irene sieht, wie gut ihr die leichte Unordnung ihrer Frisur steht.

Selbst die Achtung vor ihrem Körper hat ihr erst Teo vermittelt, indem er ihn so lange nur bewundert hat, bis Irenes Gefühl die Umgewöhnung gelungen war. Ihr Gesicht hat sie erst viel später schätzengelernt. Es war ihr zu spitz, zu schmal, zu ledern erschienen. Sie mag es erst, seitdem sie weiß, daß solche Gesichter schwer altern und nicht so schnell faltig werden wie das der etwa gleichaltrigen Frau, die sich ihr gegenübergesetzt hat. Die polnischen Landwirte, die ihr im Vormonat anvertraut worden waren, hatten sie auf fünfundzwanzig geschätzt. Auch wenn man fünf Jahre Komplimentenschwindel aufschlägt, bleibt das noch erfreulich, obwohl die ständige Flirterei, zu der sich Besucher verpflichtet glauben, manchmal auch lästig wird. Zum Glück ist sie souverän genug, um sich das nicht anmerken zu lassen. In die Unsicherheit der Jugend wünscht sie sich nicht zurück. Und Cornelia wünscht sie einen Jungen, der sie stark genug liebt, um sie lange genug bewundern zu können. Weil sie das dringender braucht als Berührung: Um so schöner wird sie dann. Bei Paul freilich hatte sie anderes erfahren: daß Lust und Schmerz, Freude und Entbehrung in eins zusammenfallen können. Du lieber Himmel, wie genau sie noch weiß, wie schwer dem Drang nach Sicherheit und Beständigkeit der Sieg über Erniedrigung und Lust gefallen ist.

Frau Irene Overbeck geht durch die Bahnhofshalle. Männerblicke zeigen ihr, wie gut sie aussieht. Das Kostüm steht ihr wirklich sehr. Aber ist es festlich genug für die Akademie?

Sie beobachtet Reisende, die aus dem Westen kommen: Koffer schleppende Greise, hemdsärmlige Südländer, Familien, Obsttüten, Küsse, Tränen, die Farbenpracht einer Mädchenklasse. So frisch, lustig, adrett wünscht sie Cornelia einmal zu sehen. Oft kommt sie sich jünger vor als ihre Tochter. Sie, die Mutter, würde noch immer in diese kichernde Mädchenschar aus Ratzeburg oder Buxtehude passen. Cornelia aber würde hochmütig oder gelangweilt abseits

stehen und den Eindruck von Nichtdazugehörigkeit zu erwecken versuchen.
Eine Dame mit Hut entzückt Irene. Schöne Frauen kann sie ohne Neid bewundern. Sie kann sogar mit Männern von Frauen schwärmen, sich überhaupt leicht in andere hineinversetzen, mit anderen für andere staunen, begeistert sein. Sie weiß, daß diese Fähigkeit einen Teil ihres Charmes ausmacht, und pflegt sie. Daß der Herr, der zu der Dame gehört, nicht weniger vornehm aussieht, erfreut Irene so, daß sie den beiden nachgeht bis zum Auto. Die schöne Frau in den schönen Wagen steigen zu sehen ist die Mühe des kleinen Umwegs wert. Dieses Bild, weiß sie, wird sie verfolgen bis in den Schlaf. Einen Hut kann auch sie sich kaufen, heute schon, aber ein Auto wird Traum bleiben, bis Teo Professor ist.
Dieser Gedanke beunruhigt sie. Sie versucht ihn loszuwerden, bevor er ihr den Tag verderben kann. Daß Teos Sorgen mehr als das heutige Referat betreffen, ist ihr auch klar, ohne daß er darüber spricht. Aber einen Menschen lieben heißt doch nicht, sich von jedem seiner Reizzustände anstecken zu lassen. Gesund, das heißt, heiter zu bleiben, kann oft wichtiger sein. Nicht mitleiden ist ihre Aufgabe, sondern ihn stützen, seinen Ehrgeiz fördern, ihn abbringen von gefährlichen Skrupeln, die sie auch gar nicht verstehen will, weil sie sie erschrecken. Sie ist gewohnt, daß bei Teo alles glatt verläuft.
Ist sie deshalb manchmal keine Gesprächspartnerin mehr für ihn? Was hat er überhaupt an ihr? Alle Leute finden sie nett. Das ist aber auch so ziemlich alles. Auf ihre Sprachkenntnisse bildet sie sich nicht viel ein. Deren Begrenztheit lernt sie täglich kennen. (Zum Beispiel ist ihr schon wieder das polnische Wort für Obstlagerung entfallen, was sie am Vortag schon in Verlegenheit versetzt hat.) Darüber hinaus aber weiß sie so wenig, daß ihr manchmal angst wird, wenn sie bedenkt, wie kompliziert das Leben ist. Mathematik hat sie nie begriffen; was Cornelia davon in der Schule lernt, hat sie nicht einmal dem Namen nach gehört. Alle Technik ist geheimnisvoll für sie. Sie kann kein Korn säen, kein Brot backen, kein Auto steuern. Daß sie ein Kind ohne Kenntnis seiner psychischen Entwicklung aufgezogen hat, ist eigentlich ein Verbrechen. Und auch von Literatur versteht sie wenig. Sie liest die paar Romane, über die ab und zu mal gesprochen wird, und verläßt sich dabei auf Teos Wertungen. Was ihm an Pauls Roman Sorgen macht,

ist ihr unklar. Ihr ist nur aufgefallen, daß nichts in dem Buch sie an den alten Paul erinnert. Mißgönnt Teo Paul den Erfolg? Ist verspätete Eifersucht im Spiel? Törichte Angst um sie? Wie auch Paul geworden sein mag, sie fürchtet sich vor der Wiederbegegnung mit dem Mann, den sie in seiner schwersten Zeit verlassen hat, aus welchen guten Gründen auch immer. Nicht Anklagen fürchtet sie oder Spott. Selbst wenn er Teo, der sein Ziel noch immer nicht erreicht hat, mit Herablassung begegnet, wird sie das ertragen. Sie fürchtet nichts als die eigene Unsicherheit, den möglichen Rückfall in alte Demut, das alte Sklavenbewußtsein.

Und wenn Paul sich nach Cornelias Geburtstag erkundigt, zu rechnen beginnt, vielleicht sogar Teo die Monate vorrechnet? Der Gedanke versinkt so schnell, wie er aufsteigt.

Nein, sagt sie zu sich selbst, zum abwesenden Teo, das Kostüm ist nicht festlich genug für die Akademie, nicht damenhaft, nicht eindrucksvoll genug für Paul. Ein Hut muß her. Sie kennt zwar die Literatur nicht, aber sie kennt das Leben und weiß, daß Kleidung Sicherheit geben und nehmen kann, besonders Menschen wie ihr, die sich manchmal klar darüber sind, wie wenig sie sonst zu bieten haben.

Mit vielen Menschen geht sie über die Weidendammer Brücke, genießt das Durcheinander von Farben und Geräuschen, die endlose Bewegtheit, das sekundenlange Ineinanderfallen und Lösen zweier Blicke, die Rätselhaftigkeit fremder Worte, für andere bestimmter Sätze. Und sie wünscht sich, nichts sein zu brauchen als Teil dieser Menge, sich von deren Strömung treiben zu lassen, willenlos, verantwortungslos, ohne Wunsch, ohne Schuld, ohne Individualität – ein Traum, der schnell vergeht. Schon hinter der Brücke, wo die Gehwege breiter werden, löst sich der Strom auf, die einzelnen hasten davon, heiter, gleichgültig, bedrückt, in Läden, Krankenhäuser, Fabriken, Büros, Irene auf das Hotel zu, vor dem Jan Kaminski, der jüngste der ihr anvertrauten Obsthandelsexperten, schon auf und ab geht, groß, schlank, blond.

Wenn Irene sich seine Handküsse auch symbolischer, weniger real gewünscht hätte, freut sie sich doch darüber. Daß die Besprechung im zuständigen Ministerium eine Stunde später beginnt, schränkt die Möglichkeit, zum Festakt am Nachmittag zurechtzukommen, für sie weiter ein, Herr Kaminski aber freut sich darüber. Jetzt hat er Irene eine Stunde für sich. Seine Kollegen frühstücken noch, er aber will was besichtigen, was Altes, da doch die neuen Teile der Städte in aller Welt sich mehr und mehr gleichen.

»Wo man auch hinkommt«, sagt er, auf polnisch natürlich, »zeigt man Besuchern stolzgeschwellt das, was sie nicht interessiert, weil sie es selbst haben.«

Irene macht es sich leicht, führt Kaminski hinter dem Hotel vorbei, über eine mit dürftigem Rasen besäte und dann nicht mehr gepflegte Trümmerfläche in die Auguststraße, die mal ihre Straße war.

Zwar ist das schon achtzehn Jahre her, was Kaminski zu Betrachtungen über Irenes unglaubhaftes Alter anregt, aber im Vergleich mit dem Alter der Straße ist das so gut wie nichts. Denn die ist bald dreihundert Jahre alt, wird allerdings auch nicht älter werden, da ihr Abriß schon beschlossen ist und ihr Verlauf sich in keine Neuplanung wird einfügen lassen.

Was für eine Straße das ist, geht schon aus den Namen hervor, die sie führte. Nach dem Hoch- oder Halsgericht, der gesellschaftlich lizenzierten Mordstätte also, das sich dort befand, hieß sie erst Arme-Sünder-Gasse, dann nach dem Armenfriedhof Armengasse, später nach dem Armenhospital Hospitalstraße, dann aber und bis heute Auguststraße – nicht nach August dem Starken, wie Kaminski, der von der Erbfeindschaft zwischen Sachsen und Preußen nichts weiß, vermutet, sondern nach einem Chef der preußischen Artillerie, einem Prinzen August, der danach gewesen sein wird. Für Ein- und Anwohner ist sie dreier Schulen, für Auswärtige und Soldaten Clärchens Ballhauses wegen von Bedeutung; in Kaminski aber regt sich, obwohl ihn Historisches interessiert, mehr bei Erwähnung der Ladenwohnung, in der die Dolmetscherin mal gewohnt hat. Die möchte er besichtigen.

Gerade und eben zieht sich die Straße einen Kilometer von Südwest nach Nordnordost mit mäßig breiter Fahrbahn und schmalen, baumlosen Gehwegen, von der Oranienburger zur Rosenthaler Straße, hinter der sie mit einem Wurmfortsatz am Garnisonkirchhof endet. An ihrem Anfang, im Haus der Technik, flimmert das erste deutsche Fernsehbild, in ihrer Mitte, im christlichen Hospiz, liegen angeblich Bibeln in den

Nachttischen (was, wenn es nicht stimmt, eine Anregung sein könnte), an ihrem Ende aber wurde (wohl nicht unverdient inmitten vieler Militärs) der dichtende Freiherr Friedrich de la Motte-Fouqué begraben. Die von englischen oder amerikanischen Bomben oder von deutschen oder sowjetischen Granaten gerissenen Baulücken werden als Kohlen-, Park- oder Sportplätze, in wenigen Fällen auch als Kleinstgartenanlage verwendet. Aus Kneipen wurden Büro- oder Lagerräume, aus Läden Wohnungen, manchmal durch kleine bauliche Veränderungen, wie in dem Haus gegenüber der Margarinefabrik, wo Irene sich nicht gleich zurechtfindet. Früher ging man von der Straße aus über drei Stufen direkt in den Laden, an den sich ein Korridorschlauch anschloß, von dem links die Türen abgingen: zu Teos Stube, zum Klosett, zur Küche, wo sie morgens, wenn Künstler Paul noch schlief, viel lernte, auch Historisches, mit dem sie jetzt noch polnischen Freunden imponieren kann.

Kaminskis Verehrung für sie wächst unaufhaltsam bei ihrem heimatkundlichen Geplauder. Sie hat nämlich das seltene Talent, die paar Wissenskrümel, die sie hier und dort, meist unter Teos Tischen, aufgepickt hat, so wiederzugeben, als seien es zufällig abfallende Krumen eines großen gerundeten Laibes. Das macht es dem Zuhörer unmöglich, sich Blößen zu geben. Zwischenfragen, was denn Artillerie sei oder was dieser adlige Dichter denn geschrieben habe, die Irene in Verlegenheit bringen würden, bleiben so ungefragt.

Das Schaufenster ist jetzt halb, die Ladentür ganz zugemauert. Um in die Wohnung zu kommen, müßte man über den engen Hof in den Seitenflügel und von dort durch eine neue Tür in die Küche. Aber diese allzu nahe Berührung mit der Vergangenheit vermeidet Irene.

»Und in dieser sonnenlosen Höhle haben Sie wirklich gewohnt?« fragt der an Neubauluxus gewöhnte junge Mann schaudernd, während er den Kopf hebt, um über dem Ende des Lichtschachts den Himmel zu suchen.

Da spürt plötzlich Irene einen Schauder, nicht vor der Vergangenheit, sondern vor der Zukunft. Plötzlich glaubt sie zu wissen, was Teos in den letzten Tagen geäußerte Worte von dem Auftrag, den er nicht hätte annehmen dürfen, bedeuten: Gefahr! Gefahr für ihn, für sie, für die Tochter. Gefahr, in eine dieser billigen Wohnungen zurückkehren zu

müssen. Und wenn auch vielleicht das nicht (auch ihr Gehalt allein würde ausreichen, um die hundert Mark für die beiden Zimmer in Birts Haus bezahlen zu können), so doch zumindest Gefahr für die Zukunftsplanung, die auf eine Drei-Zimmer-Neubau-Komfort-Wohnung in der Innenstadt ausgerichtet ist. Das Glück, genügend Platz und eine eigene Küche zu haben, würde zweihundert Mark und mehr kosten.
Sie sieht auf die Uhr. Schon ist Teo unterwegs zur Universität. Telefonisch erreichen kann sie ihn also erst später. Sie muß mit ihm reden, ihm die Gefahr zeigen, ihn in die Wirklichkeit zurückholen. Sie muß Verbündete suchen: Cornelia, Professor Liebscher. Alle müssen ihn warnen, müssen ihn an sein Ziel erinnern, das er Kleinigkeiten wegen nicht aus dem Auge verlieren darf. Sie muß ihm erzählen, wie sie hier stand und Erinnerungen erwachten, keine rosigen, nur graue, schwarze, die sie aber nicht fröhlich machten wie sonst immer, weil sich ihr jetziges Leben so hell und klar davon abhob, sondern sie mit Angst erfüllten, mit Ungewißheit, mit Grauen. Was ist los mit dir, muß sie ihn fragen, wo ist deine Sicherheit, die mich ein halbes Leben lang an dich gefesselt hat?
Auf der Straße, die der Häuserschatten in eine heiße und eine gemäßigte Zone teilt, ist die Angst schon nicht mehr so groß. Natürlich wählt Irene die Sonnenseite. Kaminski hat die Dunkelheit des Torwegs dazu benutzt, um beschützerhaft ihren Arm zu nehmen. Sie merkt es erst, als sie aufhört, mit sich selbst und mit Teo zu reden, und auf das hört, was Kaminski sagt. Es ist Werbendes.
Da bleibt sie stehen, schiebt seinen Arm unter ihrem hervor, hält aber seine Hand noch einige Zeit, um ihn nicht zu verletzen, und sagt: »Enttäuschen Sie mich nicht!«
»Inwiefern?« will er wissen.
»Sie wissen es genau!«
Er beteuert, es nicht zu wissen, keine Ahnung davon zu haben, nicht den leisesten Schimmer einer Vorstellung. Er erklärt sich bereit, das zu beschwören; zeigt sich bestürzt, redet so viel und so lange, bis Irene ihm seine Unwissenheit, seine Unschuld glaubt und sich ihm erklären muß, was nicht leichtfällt, überhaupt und an sich nicht und schon gar nicht in fremder Sprache, in der man, den nötigen Vokabelvorrat

vorausgesetzt, zwar relativ leicht Ernte-, Lagerungs- und Transportmethoden für Frischobst beschreiben kann, die sich aber sperrt, wenn es auf Nuancen ankommt, auf feine Unterscheidungen zwischen Lieben und Gernhaben zum Beispiel, zwischen Flirt, Werbung und Verführung.

Seit Tagen sind sie wie zwei Erwachsene miteinander ausgekommen, und nun drängt er sie in die Rolle der Mutter, die dem Kind Ermahnungen geben muß. Gerade weil sie älter ist als er, ist ihr diese Rolle zuwider. Aber sie muß sie spielen, weil er aus seiner gefallen ist. Die ungeschriebenen Regeln des Spiels, das sie zu beiderseitigem Nutzen, zu beiderseitiger Freude miteinander gespielt haben, hat er verletzt. Auch sie verletzt sie, indem sie über sie spricht. Aber das muß sein, wenn er so etwas sagt wie eben: Daß Abreise ihn unglücklich mache, daß er Wiedersehen erzwingen müsse, daß ihm weitere Existenz ohne ihre Gegenwart nicht möglich sei, daß er Antwort fordere: ein Ja oder ein Nein.

Vom ersten Augenblick ihrer Begegnung an hat er ihr gezeigt, wie gut sie ihm gefällt, durch Blicke, durch Worte. Versteckt und offen hat er sie gerühmt, gepriesen, hat das Komplimentemachen zu hoher Kunst entwickelt, ihr wohlgetan damit. Und sie hat diese Wohltaten nicht nur dankbar entgegengenommen, sondern sie zurückgegeben durch Blikke, durch Worte, hat ihm gezeigt, wie sehr es ihr gefällt, von ihm bewundert zu werden, wie sehr er selbst ihr gefällt und vor allem wie sehr sie sein Flirttalent bewundert.

Das Kind, das nicht gestreichelt werde, verkümmert, sagt Irene und dreht den Kopf so, daß die Sonne warm ihr Gesicht trifft, und die Seele des Erwachsenen werde krustig und krüppelig, wenn ihr Anerkennung versagt bleibe. So gesehen, seien Komplimente Akte der Nächstenliebe, Schmeicheleien wichtig wie tägliches Brot, gelungene (das heißt folgenlose) Flirts Vitamine für Seelen. Nur Spiele? Gewiß, aber als solche wichtig und wirksam nur, wenn sie Spiele bleiben, nicht zu Ernst entarteten.

Gehören könne zu ihnen, den Spielen, durchaus, sagt sie, während sie scheinbar ziellos den Norden der Innenstadt durchstreift und sich immer seltener durch Hinweise auf Sehenswürdigkeiten unterbricht, daß der Freund aus Volkspolen, der ansehnliche, sympathische junge Mann, mit Worten intimer werde, als allgemein üblich, ja, daß er sogar, den nötigen Takt vorausgesetzt, ihr zu verstehen gebe, daß er es als angenehm empfände, mit ihr ein Bett zu teilen – er dürfe nur nicht ernsthaft versuchen, sie in eins zu drängen.

»Sie mißverstehen mich«, sagt Jan Kaminski und zeigt mimisch, welche Qualen ihm das bereitet.

»Spielen heißt tun als ob«, antwortet Irene, »ist also mit Kunst verwandt.«

»Mir ist es ernst!«

»Das eben werfe ich Ihnen vor.«

»Sie sind grausam, Irene!«

»Ich bin erwachsen. Deshalb weiß ich, daß das, was Sie Ernst nennen, auf die lange Trennung von Ihrer Frau zurückzuführen ist.«

»Wollen Sie mich beleidigen?«

»Ich will, daß Sie ein guter Künstler bleiben, Jan – auch wenn Sie jetzt mit mir einen Hut kaufen gehen«, sagt Irene, steht schon vor dem Laden und zwingt mit dem Zauber ihres Lächelns den jungen Mann dazu, ihr, ebenfalls lächelnd, die Tür zu öffnen.

4

Das Spezialgebiet des Assistenten Dr. Overbeck ist die Literatur der deutschen Romantik, seine Lehrtätigkeit aber erstreckt sich weiter, auch auf die neueste Literatur, um die es in dem Seminar geht, das eben begonnen hat. Obgleich es die einzige Lehrveranstaltung des Tages für ihn ist, kann er sich nicht auf sie konzentrieren. Während seine Studenten Referate halten, erlaubt er es seinen Gedanken, sich auf Abwegen zu tummeln.

Augenblicklich spricht ein schwarz- und langhaariger Schöner, der bei Mädchen hat, was ihm die Wissenschaft versagt: Erfolg. Er hat mit einer langwierigen Nacherzählung des allen bekannten Buches begonnen. Seine Eigenart, jeden Satz mit dann zu beginnen, erweckt keine Heiterkeit, weil niemand zuhört. Man malt, schreibt, döst. Der Assistent denkt an den Auftrag, den er nicht hätte annehmen dürfen, ohne das Buch vorher gelesen zu haben. Warum eigentlich hat er ihn angenommen? Weil es für ihn ein schmeichelhafter Auftrag war? Weil es schwer ist, nein zu sagen? Weil er sich vor Irene

wieder einmal über Paul erheben wollte? Weil er an Paul etwas gutzumachen hatte?
»Dann bekam seine Entwicklung durch das Kriegserlebnis den entscheidenden Anstoß.«
Der Schöne liest sein Referat leise und schnell. Er fürchtet sich vor den Zuhörern genauso wie vor eigenen Gedanken. Wenn er einen scheuen Seitenblick auf den Assistenten wirft, nickt der ihm aufmunternd zu: Richtig, richtig! Es ist alles richtig, was diese Art von Studenten als eigene Referate ausgeben. Sie haben in der Schule Literaturwissenschaft wie Mathematik zu treiben gelernt, vergessen Beweisführungen, lernen Formeln, die überall angewendet werden können. Da sie an sie gewöhnt sind, verlangen sie nach ihnen, kommen damit durch Prüfungen und in den Lehrberuf, wo sie sie unbearbeitet weitergeben. Es ist einfach mit ihnen, zu einfach, findet Teo und kämpft dagegen an – mit geringem Erfolg. Stellt er zwei Meinungen gegeneinander, schreiben sie nicht mehr mit, warten sie auf die richtige. Sagt er beschwörend, die Literatur sei so schwierig und vielschichtig wie das Leben selbst, kehrt das als Zitat in zehn Referaten und Arbeiten wieder. Jedes vorsichtig formulierte Urteil wird sofort kanonisiert. Differenzierungen verwirren sie. Sie haben gut Lernen gelernt, aber schlecht Denken. Daß er Eigenmeinungen mit Anerkennung honoriert, hilft wenig, da Risiko gescheut wird und sichere Wege mit Standards gepflastert sind. Und so bauen sie dann ihren späteren Schülern wieder die glatten, geraden, öden Straßen des Literaturunterrichts, auf denen erlebnis- und schönheitsgierige Kinder verdursten. Das ist eine Kette ohne Ende. Wer hält die Anfänge in der Hand? Wer hat die Kraft, sie zu zerreißen? Er?
Auch er. Natürlich nicht allein. Zu den Kraftmenschen mit Durchsetzungsvermögen gehört er nicht, aber er hat Gedanken, die jene oft nicht haben, auf die er sie bringen muß, indem er zur Diskussion anregt, Fragen stellt, in Frage stellt, auch Altbewährtes, manchmal auch Neues, das sich nicht bewährt. Beim Gebrauch des beliebten Wortes »schöne Tradition« sollte immer die Frage nach ihrer Berechtigung mitschwingen. Einmal Etabliertes neigt immer dazu, sich für ein für allemal etabliert zu halten. Dieser Beharrungstendenz muß der Beschleuniger Kritik entgegenwirken. Der Über-

gang von der Schule zur Universität zum Beispiel, von Stoffaufnahme zu schöpferischem Denken, scheint den jungen Leuten noch immer zu große Schwierigkeiten zu machen. Zwar ist die Universität schulmäßiger geworden; aber, so fragt er sich, wäre es nicht besser, die Schule universitätsmäßiger zu machen, indem man selbständiges Denken höher bewertet als Wissensspeicherung, die man getrost den Hilfsmitteln überlassen könnte, wenn man den Schülern beibrächte, sie zu gebrauchen? Sie meiden die großen Bibliotheken, stehen hilflos vor den Katalogen, wissen Bibliographien nicht zu nutzen.
Sein Selbstvertrauen ist nicht groß, trotzdem versucht er immer, Erkenntnisse Tat werden zu lassen. Bequemen Kollegen mißfällt das. Andere zeigen Mißtrauen, bezichtigen ihn, der Methoden ändern will, der Aufgabe von Grundsätzen, wollen nicht begreifen, daß es ihm doch nur auf deren Durchsetzung ankommt. Gleichgesinnte neigen dazu, den Studenten allein die Schuld zuzuschieben, indem sie bittere Vergleiche mit eigner Studienzeit anstellen. Aber davor scheut Teo zurück. Daß sie damals den Weg in ferngeheizten und motorisierten Wohlstand nicht suchten, lag daran, daß es ihn nicht gab. Und die leidenschaftlichen Denker und Sucher waren auch damals in der Minderzahl. Hatte er selbst überhaupt zu ihnen gehört? Sie nicht vielmehr bekämpft, weil er sich die wenigen seiner Unsicherheit abgerungenen Erkenntnisse nicht wieder zweifelhaft machen wollte?
Er hatte sich gegen Verunsicherungen abgeschirmt, solange es möglich war, bis zum Ende seiner Studienjahre, die ihm nachträglich vorgekommen waren wie anderen Jahre wohlbehüteter Kindheit, aus denen man eines Morgens erwacht und feststellt, daß man die Welt bisher gesehen hat, wie sie sein sollte, aber nicht, wie sie ist. Das geschah ihm in einer märkischen Kreisstadt, aber nicht so plötzlich, wie es ihm nachträglich vorkam. Etwas von dieser Diskrepanz zwischen Schein und Sein mußte er vorher geahnt haben, sonst hätte er nicht damals auf eignen Wunsch seine klar vorgezeichnete Universitätslaufbahn unterbrochen, um einige Jahre außerhalb Berlins zu arbeiten. Hunger nach Wirklichkeit hatte ihn getrieben, Lebenshunger, der aber auch beruflichen, das heißt literarischen Ursprungs war. Wenn es stimmt, daß Literatur mit Wirklichkeit nicht nur entfernt zu tun hat, sondern ihr

entspringt, so ist Voraussetzung für einen, der Literatur beurteilen will, daß er des Urteils über Wirklichkeit fähig ist.
Er war damals von einer Literatur beeindruckt, die den Zugang zur Wirklichkeit mehr verbaute als eröffnete, umgab sich mit Leuten, die wie er Wunschvorstellungen für Realität, Realität für Schönheitsfehler hielten und mit uneingestandenem Hochmut auf Leute herabsahen, die ihnen unterentwickelt schienen. Sie verdammten alle Elitetheorien und waren in ihnen befangen. Weil der Turm, in dem sie hausten, nicht aus Elfenbein war, schien er ihnen kein Turm zu sein. Sie konnten von ihm aus nur weit sehen, bis in die Zukunft, über die sie alles wußten, besonders aber, daß sie ihnen gehörte. Das Wort vom Erfolghaben, das Pflicht für jeden ist, machten sie zu einer neuen Prädestinationslehre, mit bestem Gewissen, da sie sicher waren, daß von nun an ehrliche Anstrengung und öffentliche Honorierung derselben in eins zusammenfallen würden.
Der freiwillige Abstieg in die Niederungen der Provinz fiel ihm nicht leicht. Die miserable Versorgungslage, die dort herrschte, machte ihm weniger Kummer als die Erkenntnis, daß diese den meisten Leuten mehr bedeutete als alles andere. Die Tatsache, daß sein Wissen in der neuen Umgebung nicht viel galt, erschreckte ihn weniger als der in ihm sofort aufkommende Drang, sich einen neuen Kreis eigner Art zu suchen. Er kämpfte dagegen an, versuchte wenigstens diesen neuen Kreis nicht zu suchen, sondern zu schaffen. Da seine Angst vor Abweichung und Niveausenkung größer war als seine Wandlungsfähigkeit, fand er im Umgang mit Leuten nie den richtigen Ton. Literatur, die er für wirkungsvoll gehalten hatte, versagte. Zeitweilig haßte er das Volk, das nicht so war, wie es sich gehörte.
Die Tätigkeit als Kulturhausleiter hätte ihm genug Zeit für seine Doktorarbeit gelassen. Er aber ließ sie liegen und stürzte sich in die politische, vorwiegend in Bereiche, die er nicht kannte. Er fuhr als Instrukteur in die Dörfer und verglich die für die Kreisbehörden bestimmten Berichte über Handel und Landwirtschaft mit den tatsächlichen Verhältnissen. Dabei lernte er die Gefährlichkeit des Erfolgsdenkens fürchten. Man meldete nicht, was war, sondern was gewünscht wurde, war an guten Statistiken mehr interessiert

als an guten Taten, duldete Schönfärber eher als Kritiker. Als er überall, wo er Einblick gewann, Mängel auch Mängel nannte, erwartete er Isolierung, Intrige, irrte sich darin auch nicht, wurde aber überrascht durch die vielen Gefährten, die er fand. Einer von ihnen war Karl Krautwurst, dessen Freundschaft seitdem an Bedeutung für ihn nicht verloren hat.

Krautwurst ist der häßlichste, der originellste, der sensibelste und gutherzigste Mensch, den er kennt. Seine unbedingte Wahrheitsliebe erscheint manchem komisch bis töricht, anderen gefährlich. Sein Bestreben, anderen in Konflikten beizustehen, bringt ihn selbst ständig in welche. Jeder Ehrgeiz fehlt ihm. Immer schwärmt er von einem ruhigen, behaglichen Leben im Kreis einer großen Familie und kommt nie dazu. Er hilft jedem, der ihn braucht, nur sich selbst kann er nicht helfen. Wer ihn mag, hat Angst um ihn, auch seine Frau, die jahrzehntelang vergebens versucht, seiner unwandelbaren Liebe zu ihr zu entkommen. Sie schimpft ihn lebensuntüchtig und hat recht damit, wenn man darunter die Fähigkeit versteht, sein eignes Leben angenehmer zu machen.

Schon damals war er Erzieher in demselben Jugendwerkhof, in dem er noch heute tätig ist. Teo erlebte ihn zum erstenmal in einer Verhandlung des Kreisgerichts, in der er als Entlastungszeuge für einen seiner ehemaligen Zöglinge auftrat und sich dabei in heftige Streitereien mit Staatsanwalt und Richter einließ, denen er völlige Unkenntnis sozialer Verhältnisse nachwies. Teo, der als Schöffe dabeisaß, prüfte die Behauptungen des Zeugen an Ort und Stelle und fand sie bestätigt.

Von diesem Tage an wurden ihm durch Krautwurst Lebensumstände erschlossen, deren Vielfalt und Tiefe ihn erschreckten und verwirrten und ihn die Größe der Aufgabe ahnen ließen, die allen Veränderungen gestellt ist. Es dauerte lange, bis die vielen Einzelheiten, die von seinem Turm aus nicht zu erkennen gewesen waren, sich ihm langsam wieder zu ordnen begannen. Vieles aber blieb unaufgelöst, darunter die Tragik von Krautwursts Leben, das sich helfend selbst zerstört, unter anderm durch die krankhafte Liebe zu einer Frau, die seine Selbstlosigkeit nicht mitleben kann.

Wenn Teo an Krautwursts wirre Lebensbahnen denkt, kom-

men ihm seine glatt und gerade vor. Sinnvoll, wenn auch mühselig ist er vorangekommen. (Zwar stockt der äußere Aufstieg, aber den hat er durch Krautwurst zu verachten gelernt.) Insofern unterschied sich sein Leben kaum von dem dieser Studenten, denen er undifferenziert Vorwürfe macht. Daß die besten Pferde am schwersten ins Joch zu spannen sind, stimmt gewiß, bedeutet doch aber nicht, daß jeder, der sich seitwärts in die Büsche schlägt, besser ist als andere. Paul ist aus ihnen zurückgekehrt, das kann er ihm heute bescheinigen. Aber er soll ihn loben dafür, und das kann er nicht. Denn der Platz, auf dem er angekommen ist, ist einer, der vor Jahren mal Lob verdient hätte.
Der Schwarzhaarige variiert seine Formel von der kriegsbedingten Entwicklung des Helden. Assistent Teo schreibt auf: »Wiederholungen!« und notiert Fragen, die dem Referenten von den Zuhörern gestellt werden könnten, die er, der Lehrende, aber wahrscheinlich selbst stellen muß. Wird nicht unbewußt Sinnlosigkeit in Sinn verkehrt, der Krieg wieder einmal zum Vater aller Dinge gemacht, wenn er wieder und wieder als literarische Leitersprosse für Heldenentwicklung benutzt wird? Die Asche scheint nur dazu geschaffen, um Phönix aus ihr hervorgehen zu lassen. Ist kein Krieg zu haben, müssen Unwetter, Unfälle, Gruben- oder Scheunenbrände herhalten. In der Literatur wimmelt es von entwicklungsfördernden Katastrophen, während das Leben ohne sie auszukommen scheint. Damals haben sie sich viel Mühe gegeben, Paul die Katastrophentheorie aufzuschwatzen.
Er aber sagte störrisch, so sei es nicht gewesen, sprach typisch, als sei es mit i geschrieben, und wollte nicht verstehen, was sie darunter verstanden. Ihre Freundschaft hatte mit Pauls Weigerung begonnen, sich seine Vergangenheit neu konstruieren zu lassen. Jetzt, Jahre später, hatte er seine Weigerung aufgegeben, Teos Konstruktionsplan von damals angenommen und Teo auf diese Weise mit eigner Vergangenheit konfrontiert.
»Nun?«
Das ist die Aufforderung zur Diskussion, die mühsam an- und bald wieder ausläuft, weil der Assistent den Treibstoff seiner Zwischenfragen ungenutzt läßt. Das Desinteresse, das die Studenten merken lassen, würde ihn rege machen, zum Widerstand reizen, wenn sein eignes Interesse nicht auch auf

anderes gerichtet wäre. Unruhig sieht er auf die Uhr. Ihn zieht es zum Schreibtisch. In fünf Minuten ist es geschafft.
Da redet plötzlich eine, die noch nie unaufgefordert geredet hat, ein blasses, unscheinbares Mädchen, das aussieht, als habe sie die Pubertät noch vor sich.
»Ich wollte mal nach der Liebe fragen«, sagt sie und macht damit alle wach. Die bisher durch Langeweile gleichartig aussehenden Gesichter gewinnen Individualität. Man lacht, grinst, zeigt Erstaunen, Aufmerksamkeit.
»Ich meine die in Büchern«, sagt das Mädchen und sieht irritiert umher. Die Wirkung ihrer Frage erschreckt sie, aber sie redet tapfer weiter. »Unsere Literatur soll doch realistisch sein, aber über Liebe schreibt sie wie im Mittelalter. Das heißt, ich weiß gar nicht, wie man im Mittelalter darüber schrieb, aber so stelle ich mir das vor: alles in mystisches Dunkel getaucht. Nicht daß beschrieben werden soll, wie zwei miteinander schlafen – ich meine nicht weil sie müde sind.«
Nun entschließt sich auch Teo zum Mitlachen, winkt aber gleichzeitig mit der Hand ab, schafft Ruhe.
»Sondern?« fragt er und nickt dem Mädchen aufmunternd zu.
»Warum soll man das eigentlich nicht beschreiben?« ruft der schwarzhaarige Referent, und seine Stimme ist jetzt frisch und furchtlos. »Vorher wird jede Einzelheit beschrieben; wie er ins Zimmer tritt, wie sie die Tischdecke glatt zieht, ihre Stirn an die Scheibe preßt, er sich die Zigarette anzündet; aber kaum liegen sie: aus!«
»Ich meine was anderes«, sagt das Mädchen. »Niemals ist einzusehen, warum sich gerade diese zwei Personen lieben. Wenn sie es auch selbst nicht wissen, könnte sich doch wenigstens der Autor darüber Gedanken machen. Schönheit als Grund dafür ist doch albern. Dann könnten unschöne Mädchen von vornherein alle Hoffnung begraben. Politische Entwicklung und Liebe kommen in jedem Buch vor. Auf die erste Frage kriege ich tausend Antworten, auf die zweite keine oder eine halbe.«
Man sieht ihr an, wie furchtbar es für sie ist, Mittelpunkt zu sein. Kaum hat sie aufgehört zu reden, sinkt sie in sich zusammen, als könnte sie dadurch die Aufmerksamkeit ablenken. Aber das ist nicht nötig, denn schon richten sich

alle Blicke auf ein anderes Mädchen, das ihr heftig widerspricht.
»Solange die Amerikaner noch in Vietnam sind, haben unsere privaten Gefühle ganz unwichtig zu sein!«
»Warum geben wir eigentlich nicht zu, daß unsere Sexual- und Ehemoral noch immer die protestantischer Kleinbürger ist?«
»Willst du eine sozialistische Sexwelle?«
Teo sieht auf die Uhr. Die Zeit ist schon überschritten. Er denkt an sein unfertiges Referat, aber auch daran, daß er eine Diskussionsfreudigkeit wie diese schon lange nicht erlebt hat. Er ist überrascht und beschämt. Täglich geht er mit Studenten um und weiß nicht, was sie bewegt. Und er freut sich darüber, daß er es ist, bei dem sie zu reden beginnen. Was würden sie zu Pauls Buch sagen? Vielleicht: Schlecht nicht, aber das wußten wir längst! Wenn unsere Literatur oft langweilt, dann nicht, weil ihr die Kunstmittel fehlen, sondern weil sie die wirklich aktuellen Stoffe nicht aufgreift. Kunstvoll wird Bekanntes wiedergekäut. Sie regt nicht an, nicht auf, erforscht seit langem Erforschtes. Nicht die Artisten fehlen ihr, sondern die Entdecker.
Als er die Studenten auf das Ende der Stunde hinweist und jedem freistellt, zu gehen oder zu bleiben, geht keiner. Erst um zwölf sitzt er wieder in seinem Arbeitszimmer, das er mit drei anderen, jüngeren Assistenten teilt, und kann sich nicht gleich auf das Referat konzentrieren, weil er Fragen notiert, auf die er in den nächsten Seminaren noch einmal eingehen muß, weil er sich Themen vormerkt für Diskussionen mit den Kollegen. Zum Beispiel: Wem geben wir Einsen: den Nachbetern oder den Selbstdenkern, den Gleichgültigen oder den Aufrichtigen, den Braven oder den Schöpferischen? Und wer kriegt die Preise?
Teo urteilt weder ungerecht noch leichtfertig. Er hat nachgeschlagen, Namenslisten von Preisträgern aufgeschrieben und nichts daraus schließen können. Es gibt so viele Literaturpreise, daß im Laufe der Zeit jeder bedacht werden kann. Und überall werden Lobreden gehalten, und kein Redner macht sich so viel Sorgen wie er.
Wieder füllt sich weißes, holzfreies Papier, das Teo auch für Notizen und erste Entwürfe benutzt, mit der gut lesbaren Schrift eines preußischen Katasterbeamten. Zum eignen

Gebrauch schreibt Dr. Overbeck noch immer die Steilschrift des Graphikers Ludwig Sütterlin mit schwarzer Tinte, spitzer Feder. Jedem außer ihm selbst fällt es schwer, ein so sauber beschriftetes Blatt in den Papierkorb zu werfen. Gestatten Sie mir, meine Damen und Herren, schreibt er, und gestatte vor allem du mir, lieber Paul, meine Ausführungen mit einem Zitat zu beginnen, das zwar nie schriftlich, dafür aber in meinem Gedächtnis festgehalten wurde. Es lautet: Wenn Autoren ehrlich wären, müßten ihre Figuren nicht Schelmuffsky, Gulliver oder Schlemihl, sondern Reuter, Swift und Chamisso heißen! und weist auf das Erlebnis als subjektive Schaffensgrundlage von Literatur hin, wobei allerdings gleich ... Lieber Paul Schuster, verehrte Anwesende! Vor fast zwei Jahrzehnten wurde einmal ein Satz gesagt, der mir noch heute ... Vor fast zwei Jahrzehnten, meine Damen und Herren ... Über das Erlebnis als Grundlage schriftstellerischen Schaffens, liebe Freunde und Genossen, wurde schon ... Müßten nicht alle literarischen Gestalten eigentlich die Namen oder wenigstens Vornamen ihrer Autoren tragen? So fragte, liebe Freunde, vor siebzehn Jahren ... Siebzehn oder mehr Jahre werden vergangen sein, als ein junger Autor ...

Jede Straßenbahn, die vorbeifährt, kreischt durch die Kurve am Kupfergraben. An der Eingangsbrücke zum Pergamonmuseum verlassen erschöpfte Touristenscharen die Busse. Auf den Institutsfluren lachen Studenten. All dieser Lärm aber dringt nur gedämpft durch Mauern und Fenster, wird verschluckt von den alten Tischen und Schränken, von den Reihen dunkelgebundener Bücher; die Arbeitenden nehmen ihn nicht wahr. Sie hören nur das Kratzen von Overbecks Feder, das Knistern von Papier, wenn er beschriebene Bogen zerknüllt und in den Papierkorb wirft, und dann plötzlich ein »Nein!«

Da heben sie die Köpfe, sehen Teo aufstehen, zum Telefon gehen, wählen und hören ihn sagen: »Ich muß dich sprechen. Ja, heute. Ja, gleich!«

Und sie senken die Köpfe wieder über ihre Bücher, als er zurückgeht zu seinem Platz, seine Papierstöße einpackt und sagt: »Falls jemand nach mir fragt, ich bin bei Liebscher.«

5

Bei Schusters beginnt der Tag später als anderswo. Wenn Paul auch die Nachtarbeit mit zunehmendem Alter aufgegeben hat, hat er das Spätaufstehen doch beibehalten. Auch deshalb, weil für einen Mann, der überall mitreden will, die Informationspflicht inzwischen größeren Umfang angenommen hat.

Zeitung lesen allein genügt nicht mehr. Allabendlich verfolgt er das Fernsehprogramm bis zum mitternächtlichen Ende, bereitet sich ein lauwarmes Bad, steigt von der Wanne um ins Bett – und schläft auch schon, neun, zehn Stunden, fest, traumlos meist, geräuschlos, rotwangig, ganz Ruhe, Gesundheit, Zufriedenheit. So, wie er sich nachts ins Bett lege, liege er vormittags noch da, behauptet er, und seine Frau Ulla bestätigt, daß sie nach Nachtunruhe zerknüllte Laken überhaupt nicht kenne.

»Auf deutsch gesagt«, sagt sie, »ist ein gutes Gewissen eben doch das beste Kissen« und lächelt unsicher über ihren Versuch, witzig zu sein.

Ihre Stärke liegt anderswo, in ihrer unbändigen, aber neuerdings unbefriedigten Aktivität nämlich. Vor der Heirat hat sie neben achtstündiger Kälberaufzucht einen großen Landhaushalt bewältigt mit einem Vater, drei Brüdern, mit Hühnern, Gänsen, Schafen, Schweinen, mit Hund und Katze, mit Schlachtfesten und Einweckzeiten, mit Familienfeiern und Vollversammlungen. Jetzt macht sie ihren Mann nervös durch ständiges Betteln um Arbeit. Ihre Kraft, Ausdauer und Zähigkeit suchen nach Betätigung und finden sie nicht. Die Komfortwohnung braucht zuwenig Pflege, und aus dem Haus lassen will Paul sie nicht. Lange genug hat er von Fertigsuppen und Spiegeleiern leben oder in Restaurants essen müssen.

Zweimal wöchentlich macht sie Fensterscheiben mit Wasser und Lappen unsichtbar. Dreimal im Jahr stellt sie Wohn- und Schlafzimmermöbel um und kommt dabei ohne Hilfe aus. Daß an der Einbauküche nichts verändert werden kann, schmerzt sie. Dringt das Gerücht einer Bananenlieferung zu ihr, läuft sie systematisch die Obstläden des Stadtbezirks ab. An Glanz übertrifft Pauls Auto jedes Ministerfahrzeug. Gern würde sie die alle paar Monate wieder frei werdende Haus-

wartstelle übernehmen. Aber das würde, wie er behauptet, Pauls gutem Ruf schaden.
Ein wenig verbessern ihre Lage die neuen Aufgaben, die durch neue Bekanntschaften im neuen Haus entstehen. Sie hilft frisch verheirateten Frauen, mit dem Haushalt zurechtzukommen. Sie hütet Babys, schmückt feiertäglich Fassaden, organisiert Hausgemeinschaftsfeste, trägt die Beschwerden über nicht funktionierende Fahrstühle und Müllschlucker zur Verwaltung, verwahrt Wohnungsschlüssel anderer Mieter, wenn Klempner- oder Elektrikerbesuch erwartet wird.
Für Paul ist wichtiger, daß sie von Nachbarn lernt, den Lebensstil zu kultivieren. Sie bemüht sich, die Art, in der sie bisher gekocht hat, als deutsche Küche zu bezeichnen und als schlechteste der Welt zu verachten. Sie kocht Suppen französisch und russisch, macht Salate italienisch, brät Fleisch ungarisch. Die Zeiten, in denen sie Abendgäste mit Wurst- und Käsebroten abspeiste, sind vorbei. Sie jagt rarem Knoblauch nach und sammelt altes Porzellan. Daß Kaffee ihnen auch aus modernem Gebrauchsgeschirr geschmeckt hat, wird Paul langsam unbegreiflich. Die dem Rokoko nachempfundenen Möbel, die der Nachbar billig abstößt, machen Staubwischen endlich wieder zur ernsten Aufgabe.
Gelernt hat sie auch, jede Mahlzeit zu einem Fest zu machen. Tischtuch, Blumenstrauß und Kerzenleuchter zieren schon den Frühstückstisch. Wenn Paul sich vormittags erhebt, ist im Wohnzimmer schon gedeckt – für ihn allein. Ulla hat zwei Stunden vorher in der Küche gegessen.
Das Anschalten des Radios im Bad ist für sie Signal, die Pfanne auf den Kocher zu setzen und mit dem Filtern des Kaffees zu beginnen. Sie horcht auf Klosettrauschen, Brausen, Rasieren. Wenn er gurgelt, läuft sie hinüber, um beim Abbürsten zu helfen.
Das ist eine Arbeit, die sie atemlos macht; denn die Haut muß gebürstet werden, bis sie sich zu röten beginnt. Seine Vorderseite besorgt er selbst, Fußsohlen und Rücken sind ihre Aufgabe.
Im Bad kommt sie sich winzig vor gegen ihn. Nackt steht er vor ihr, über ihr: ein Mann, groß, schwer, haarig. Seinem Gewicht wird zu zwei Zentnern nichts fehlen. Seine Größe: 1,92. Sein Haarwuchs: ein Pelz.
Von den Zentren Kopf, Brust, Scham ausgehend, überzieht

das Haar mit Ausnahme von Handflächen und Fußsohlen dunkel den ganzen Riesenkörper, ungleichmäßig, geringer werdend mit zunehmender Entfernung vom jeweiligen Zentrum; als habe ein fauler Sämann, statt die ganze Fläche abzuschreiten, nur von drei Standorten aus seinen Samen geworfen, den Rücken beispielsweise kaum erreicht, dafür von der tiefsten Position aus besonders stark Gesäß und Oberschenkel, so daß was Pelzhosenähnliches zustande kam, das aber Entscheidendes nicht verdeckt, es eher heraushebt durch dunklen Untergrund. Wo Haut sichtbar wird (an den Füßen, auf der Nabellichtung, auf Schultern und Rücken), ist sie so zart und weiß wie die des runden Gesichts.
»Stärker!« befiehlt er.
Sie muß alle Kraft aufwenden, um ihn zufriedenzustellen. Sie schwitzt. Dann läuft sie ins Schlafzimmer, legt frische Wäsche aufs Bett, hängt den Anzug an die Schranktür, steckt Taschentücher in Jacken- und Hosentaschen, während er mit dem Expander arbeitet: »Eins-zwei, Eins-zwei.«
Wenn er, angezogen, gekämmt, duftend, ins Wohnzimmer tritt, sind Eier und Schinken schon serviert. Er ißt wortlos. Sie sieht ihm zu, gießt Kaffee ein, reicht ihm die Butter, später die Zigaretten. Wenn sein Kopf hinter der Zeitung verschwindet, räumt sie geräuschlos ab, schließt leise die Zimmertür. Beim Abwaschen summt sie Trauriges vor sich hin und plant ihre Tagesarbeit. Nach dem Abwaschen wird sie im Lift hinunterfahren, um die Post hochzuholen, dann den Wagen waschen, Mittagessen kochen, wieder abwaschen und sich dann umziehen für die Feierlichkeit, wobei ihr die Nachbarin behilflich sein wird. Denn die, eine ehemalige Schauspielerin, versteht etwas davon. Lästig ist nur, daß sie ihr dauernd einzureden versucht, sie sei unglücklich.
»Auch als Frau haben Sie Recht auf Persönlichkeitsbildung«, sagt sie. Und wenn Ulla antwortet: »Ich für meine Persönlichkeit bin zufrieden«, lacht sie schallend, schließt sie in ihre Arme und ruft: »Sie sind von einer zauberhaften Unschuld, mein Kind.«
Die Wörter Unschuld und Naivität hört sie oft von den Frauen und weiß wohl, daß Unerfahrenheit oder gar Dummheit damit gemeint sind. Aber das stört sie wenig, da es nicht böse gesagt wird. Und manchmal gibt sie es in Gedanken auch schon zurück. Wenn man es zum Beispiel lächerlich

findet, daß sie die Arbeit, die ihr Mann schreibt, nicht liest. Verstehen Sie, Frau des Werkdirektors, sagt sie sich dann, vielleicht etwas von den Fernsehröhren, die im Betrieb Ihres Mannes hergestellt werden? Und können Sie etwa die Bauzeichnungen Ihres Gatten lesen?
Gelernt hat sie inzwischen zu schweigen, wenn die Nachbarinnen über ihre Männer schimpfen. Sie könnte zu diesem Thema nur sagen: Wie er ist, ist er mir recht!, und das würde unpassend sein. Es würde aussehen, als ob sie sich über alle die Unglücklichen erheben wolle. Verstehen kann sie nur nicht, warum diese Frauen bei den Männern bleiben, die ihnen zu nervös, zu müde, zu anstrengend, zu eifersüchtig, zu betrügerisch, zu geizig oder zu gleichgültig sind. Man kann sich doch scheiden lassen. Sie würde es sofort tun. Wenn Paul sie schlüge zum Beispiel.
Da sie viel geprügelt wurde, ist sie in diesem Punkt besonders empfindlich. Es ist der Nullpunkt für sie, der Umschlagpunkt zwischen Glück und Elend. Wenn sie Glück schildern wollte, könnte sie das nur durch Aufzählung all der Leiden und Widerwärtigkeiten, die es beendet hatte. Allein die Tatsache, daß Paul selten trinkt und nie schlägt, rechtfertigt ihre Liebe zu ihm. Soviel Glück hatte sie von der Ehe nie erwartet. Saufen und Frauenprügeln hatte sie für eine allgemein männliche Eigenschaft gehalten, die bei ihrem Vater und den drei Brüdern nur besonders ausgeprägt war.
Sie hatte Paul nicht gewählt, sie hatte ihn empfangen wie einen Erlöser. Nach der ersten Andeutung von Werbung war sie sofort bereit gewesen, sich von ihm aus ihrer Familienhölle reißen zu lassen. Schwergefallen war ihr nur der Abschied von den Kälbern, von Hunden, Hühnern und Schafen. Der Glaube, daß Paul eine Ausnahme unter Männern ist, sitzt unausrottbar in ihr fest. Die vornehmen Männer, die jetzt ihre Nachbarn sind, denkt sie, können ihre Brutalität nur besser verbergen. Das ist in der Stadt auch leichter als auf dem Dorfe, wo jedes private Trauerspiel sofort zum öffentlichen wird.
Zu den vornehmen Leuten rechnet sie Paul übrigens nicht. Denn der stammt ja auch aus ihrer Heimat, und sie kannte ihn schon zu der Zeit, in der sie, ein schon abgearbeitetes Kind, ihn in Fischerstiefeln durchs Dorf gehen sah, größer und stärker als die anderen Burschen seines Alters. Die Ehrfurcht,

die sie damals vor ihm empfand, hat sich bis heute nicht verloren. Die reichen Männer, die sie jetzt kennenlernt, findet sie dagegen schnell widerlich. Die verwechseln oft die Wirkung, die ihre teuren Wohnungen auf sie ausüben, mit ihrer eignen, fühlen sich geschmeichelt und werden zum Dank galant gegen sie, was sie als Hohn auf ihren Mann empfindet, dem sie nicht das Wasser reichen können.
»Ulla!«
Pauls gewaltiger Stimme fällt es nicht schwer, vom Fenster der zehnten Etage aus den Straßenlärm zu übertönen. Sie blickt auf, wischt noch schnell die Autoscheibe trocken und läuft, da der Lift wieder einmal entzwei ist, die Treppe hinauf. Atemlos betritt sie sein Zimmer. Er sitzt an der Maschine und schreibt. Sie wartet geduldig und sammelt ihm dabei mit Fingerspitzen Haare vom Kragen. Sie hat auch noch Zeit, Sofakissen aufzuschütteln und Topfpflanzen von trockenen Blättern zu befreien. Als sie den überfüllten Aschenbecher in die Küche bringen will, ruft er, weiterschreibend: »Lauf nicht wieder weg!«
Sie bleibt also, stellt sich, da sie nichts mehr zu tun findet, ans Fenster und sieht hinaus. Seitdem sie hier wohnen, hat sie das noch nie getan: faul am Fenster stehen und hinaussehen ohne bestimmten Grund, einfach so, zum Spaß sozusagen. Aber es ist keiner für sie. Es ist etwas Trauriges, sie weiß nicht gleich, warum. Vielleicht ist es die Größe, vielleicht die Fremdheit. Sie sieht Häuser, Häuser, eins wie das andere, Fenster, Fenster, eins wie das andere. Selbst Menschen und Autos sehen aus dieser Höhe alle gleich aus. Und nichts von alledem hat mit ihr das geringste zu tun. Und sie nicht mit ihm. Alle dem ist es gleich, ob sie hier steht oder nicht, ob sie lebt oder nicht. Wenn sie das Fenster öffnen und sich hinausstürzen würde, gäbe es fünf Minuten Aufregung, vielleicht auch zehn, dann wäre alles wie sonst, auch die ekelhaften Straßengeräusche, die man zum Glück nicht wahrnimmt, wenn einem nicht das Mißgeschick widerfährt, hier minutenlang untätig stehen zu müssen. Warum tut Paul ihr das an? Er mutet sich selbst das doch auch nicht zu. Wenn er nicht unterwegs ist, auf Reisen, in Redaktionen, verläuft sein Tag ohne Pause: aufstehen, Zeitung lesen, arbeiten, essen, arbeiten, fernsehen, schlafen.
Sie reißt sich los von der saugenden Leere, dreht sich um –

und sofort ist alles anders. Der Schrank stünde nicht da, wo er steht, die Tischdecke wäre ohne sie nicht bestickt, der Fußboden nicht gewischt. Jedes Stück, das hier steht, ist ein Stück von ihr. Das alles hat sie gekauft, genäht, geordnet, wieder und wieder berührt. Pauls Hemd ist so weiß, weil sie es gewaschen hat, und wenn sie stürbe, hier sitzt einer, der sie vermißte.
»Ich möchte gern ein Kind haben«, sagt sie plötzlich, für sie so überraschend wie für ihn. Es ist wohl das erstemal, daß sie unaufgefordert einen Wunsch äußert.
Paul nimmt die Finger von den Tasten und sagt: »Wie kommst du darauf?«
»Du nicht auch?« fragt sie.
Da schreibt er weiter, aber nicht lange.
»Hör zu«, sagt er. »Setz dich. Es ist wegen der Feier.«
»Das mit dem Kind«, sagt sie, »sage ich, weil mir was fehlt. Vielleicht verstehst du das nicht. Du hast deine Arbeit, freust dich über den Preis, den du kriegst. Ich versuche auch, mich darüber zu freuen, aber es gelingt nicht. Schließlich habe ich damit doch nichts zu tun, gar nichts. Ich brauche was Eigenes, verstehst du? Zu Hause hab ich gelebt wie ein Arbeitstier. Hier lebe ich wie ein Mensch – aber ein unnützer.«
Wenn er sich eine Zigarette nimmt und sie sich von ihr anstecken läßt, geschieht das mit großen Gesten. Er geht auf und ab. Sie sitzt auf dem Sofa. Ihr Mut, ein Gespräch über eigene Wünsche zu erzwingen, ist so schnell verschwunden, wie er gekommen ist. Jetzt ist sie schon froh, ihn damit nicht böse gemacht zu haben.
»Der Tag heute ist sehr wichtig für mich«, sagt er und stößt Rauchwolken an die Decke.
»Ich weiß, der Preis«, sagt sie schnell, darauf bedacht, ihn durch eilfertiges Verstehen zu versöhnen.
Ein Preis, richtig, aber nicht irgendeiner, setzt er ihr auseinander. Dieser Preis ist wichtiger als die beiden, die er bereits hat, an sich schon, weil er bekannter ist und mehr Geld bringt, besonders aber für ihn, weil ihm damit, mit der Preisverleihung für seinen ersten Roman, bestätigt wird, daß der Sprung vom Journalismus zur Literatur gelungen ist. Mit anderen Worten: Die Zeitungsschreiberei hat ein Ende, er ist ein Schriftsteller, ein offiziell anerkannter. »Verstehst du?«

»Natürlich.« Sie versteht, was er sagt, nicht aber, warum es ihm so wichtig ist. Und wenn sie ihn nicht verstünde, würde sie dasselbe sagen, weil sie sieht, wie erregt er ist, und weil sie weiß, daß er in der Erregung weder Widerspruch noch Rückfragen vertragen kann.
Als Journalist könne man bekannt werden, sagt er, als Schriftsteller aber berühmt. Und je berühmter man wird, desto mehr wird man beobachtet, und zwar nicht nur man selbst, sondern auch die Frau, weil man von ihr aus Rückschlüsse auf den Mann zieht, dummerweise.
»Auf deutsch gesagt«, sagt sie, froh, endlich zu wissen, worum es ihm geht, »ich soll den Mund halten.«
»Sag nicht immer: auf deutsch gesagt. Andere Sprachen sprichst du doch wohl nicht.«
»Ich werde lächeln und schweigen.«
»Wenn man dich fragt, nicht mehr als ja und nein. Und vor allem: immer in meiner Nähe bleiben.«
»Ist es nicht besser, wenn ich zu Hause bleibe?«
»Zu solchen Gelegenheiten nimmt man Frauen mit.«
Daran, daß er ihr umständlich die ungeschriebenen Gesetze gesellschaftlichen Umgangs zu erklären versucht, merkt sie, wie groß seine Aufregung ist. Es ist nicht seine Art, Anordnungen zu erläutern. Das macht auch sie aufgeregt. Was die Großen, die sie dort treffen wird, von ihr denken, ist ihr gleichgültig. Sie möchte nur nichts tun, was ihm mißfällt, ihm schadet oder ihn böse macht.
Sie sagt (natürlich nur zu sich selbst, nicht laut): die Großen, die Reichen, die Vornehmen, weiß, daß alle diese Vokabeln veraltet sind und nicht stimmen, benutzt sie aber, weil sie keine anderen hat. Sie bezeichnet damit alle Leute, die ihr Geld verdienen, ohne zu arbeiten. Denn als Arbeit kann sie alles dieses Leiten, Rechnen, Verwalten, Schreiben nicht anerkennen, auch wenn sie, um Anpassung bestrebt, Pauls Am-Schreibtisch-Sitzen jetzt schon manchmal so nennt. Und deshalb fehlt ihr auch jene Hochachtung für diese Leute, die sie mal für ihren Oberschweizer empfunden hat, auch für Paul. Und wenn sie ein bißchen Angst vor ihnen hat, dann nur, weil sie trotz ihrer ständigen Freundlichkeit so fremd für sie sind und nach Pauls Meinung auf Dinge achten, die sie für unwichtig hält: auf schmutzige Fingernägel, Tischsitten und vor allem auf Worte. Dabei hat sie Scheiße und ähnliches aus

dem Mund solcher Leute schon selbst gehört, aber wenn sie mal Kolchose für LPG oder Ost-Berlin sagt, macht sich peinliche Verlegenheit breit, und in Pauls Augen kommt ein böses Glitzern. Schreckliche Szenen hat er ihr nachträglich zu Hause gemacht, als sie mal einen amerikanischen Spion aus Unwissenheit Kundschafter nannte.
Nach diesen Erlebnissen empfindet sie Pauls Ermahnungen genau so überflüssig wie die guten Ratschläge der Nachbarin, bei der sie Stunden später ihr Festkleid anprobiert.
»Die Hauptsache ist Lächeln, Lockerbleiben«, sagt die ehemalige Schauspielerin, nachdem sie die täglichen Klagen über Haushälterinnen hinter sich hat. »Politisches meiden Sie, über Witze lachen Sie, ob Sie sie verstehen oder nicht. Bei längeren Erzählungen zeigen Sie Aufmerksamkeit und stoßen manchmal ein interessiertes Hm aus. Fragt man Sie nach Ihrem Beruf, sagen Sie nicht: Hausfrau, sondern: Viehzüchterin. Davon versteht niemand was und ist deshalb beeindruckt. Viehzüchterin, Lächeln und dazu dieses Dekolleté: das wirkt bei den Herren bestimmt, und Ihr Mann wird zufrieden sein.«

6

»Dem Schotten McLane schmeckt die Pfeife nicht mehr: raucht er eigenen Tabak, reut ihn das schöne Geld; raucht er geschnorrten, zieht sie nicht – weil er sie zu fest gestopft hat.«
Jeder Besucher muß sich bei Liebscher zuerst die neuesten Witze anhören. Der Professor braucht sie für Vorlesungen und probiert sie bei Gästen aus, bei allen. Auch bei Teo Overbeck, obwohl er weiß, daß der sich als Testperson schlecht eignet. Man hat immer das Gefühl, er lächle nur, um den Erzähler nicht zu kränken. Aber Liebscher kann niemanden auslassen, da er selten Besuch empfängt, viele Vorlesungen hält und den Ehrgeiz hat, sich nicht zu wiederholen.
Will man mit Psychologen glauben, daß in jedem Menschen Vollkommenheit angelegt ist, so bedeutet jede Spezialisierung Einschränkung der vorhandenen Möglichkeiten, jede Anpassung an Realitäten Zwang und Verkümmerung. Theoretisch hat jeder, sind die gesellschaftlichen Umstände

nur danach, die Wahl, welche Anlagen er fördern, welche er verkümmern läßt. Praktisch kommt es selten dazu, da man sich nicht nur an die Umstände anpaßt, sondern auch an sein zu früh festgelegtes Selbst. Wenn man schon selten tun kann, was man will, so kann man noch seltener wollen, was man will.

Teo und Liebscher hatten zur selben Zeit an derselben Universität dasselbe Studium begonnen, waren unter denselben Bedingungen in die wissenschaftliche Laufbahn geraten und haben sich, ohne genau zu wissen, wie, doch sehr verschieden entwickelt. Liebscher ist der bessere Lehrer, Teo der bessere Wissenschaftler geworden. Der eine fühlt sich als Vermittler, der andere als Forscher. Der ringt um Klarheit, jener um Wahrheit. Beide in einer Person vereinigt, würden das Ideal eines Professors ergeben, jeder für sich ist Fragment.

Solange sie sich auf der gleichen Stufe der Hierarchie befanden, waren sie sich ohne Groll darüber im klaren, daß die Mängel des einen jeweils die Vorzüge des anderen waren, und beide gaben sich Mühe, einander, so gut es ging, zu ergänzen. Trotzdem gelang ihnen Freundschaft nicht recht.

Zwar wird oft behauptet, der kritischste Freund sei der beste, doch ist er auch der anstrengendste, und daran scheitert Freundschaft oft, auf jeden Fall diese. Je älter man wird, desto mehr gewöhnt man sich an sich selbst. Stärken sieht man stärker werden, und Mängel verlieren ihre Schrecken. Man lernt abschätzen, was man kann und was einem versagt bleibt, und wenn man den anderen auch gelten läßt, so grenzt man sich doch gern gegen ihn ab und sucht lieber Freunde, deren Wesen und Wissen einem nicht ständiger Vorwurf ist, sondern Bestätigung. Da hat man nicht nötig, Meinungen über Menschen und Dinge ständig zu verteidigen, Denkformen zu erklären, Gefühle zu beschreiben. Man kann sich mit Stichworten oder wortlos verständigen. Man spart Verteidigungsmanöver, Vorsichtsmaßnahmen, Kompromißfloskeln und kräfteverzehrende Offensiven. Man gewinnt Zeit zu stilvoller Ausgestaltung des Dialogs, zu Ornamentalem, Geistreichem. Man verliert Furcht vor Niederlage und Blamage und stärkt vor allem eigne Positionen.

Eine solch harmonische oder fast harmonische Freundschaft

schloß Teo mit Krautwurst, Professor Liebscher aber mit – niemandem. Wenn es ihm auch nicht schwerfiele, Freunde zu haben, so kann er doch keinem einer sein. Ihm fehlt das dazu nötige Wohlwollen, die Freude daran, Sympathie zu empfinden. Er geht lieber mit Leuten um, die er beherrschen kann. Selbst auf Liebe zu seinem Fachgebiet läßt er sich nicht ein. Das ist seiner Laufbahn nützlich. Denn die Gesellschaft, die ihn beruft und bezahlt, ist schließlich keine von Literaturwissenschaftlern, sondern eine umfassende, der diese Wissenschaft wie jede sonst Mittel zum Zweck ist, zum Zwecke ihrer Macht, ihrer Entfaltung, ihres Fortschritts.
Und der Aufgabe, in diesem Sinne Wissenschaft zu organisieren, zu leiten, zu lehren, wird Liebscher natürlich besser gerecht als Overbeck, der Mann der liebevollen Konzentration.
Selbstverständlich hat sich die Kluft zwischen den beiden vertieft, als zu der Unterschiedlichkeit ihres Wesens die der Rangordnung getreten war. Die Ursachen dafür lagen kaum oder gar nicht bei Teo, dem Zurückgesetzten, Enttäuschten, der zwar, will man die Masse der Assistenten grob in zwei Gruppen, die Händeklatscher und die Kritiker, einteilen, zu letzteren gehörte, den Professor Liebscher aber, um nicht als Neider zu gelten, sehr mit Kritik verschonte. Aber je weniger er ihn attackierte, desto mehr fühlte dieser sich attackiert. Da Liebscher weiß, daß er selbst in Teos Lage mit Feindschaft reagiert hätte, fühlt er sich angefeindet und schützt sich, indem er die Ungleichheit ihrer Stellung mehr betont als nötig. Das macht ihr Verhältnis glatter, flacher und unpersönlicher. Die philosophische Kälte von Liebschers Gesicht verdichtet sich zur Kälte der Macht. Seine bisherige kumpelhafte Kühle erstarrt zu Eiskruste konventioneller Höflichkeit.
»Entschuldige bitte, aber ich verstehe dich nicht.«
Liebscher hat es sich abgewöhnt, Urteile abzugeben, die er neuerdings vorschnelle nennt. Er hat gelernt, sich zu mißtrauen. Er ist weiser geworden – unselbständiger, könnte sagen, wer seine Erklärung dafür nicht akzeptiert, daß nämlich mit wachsendem Einfluß die Verantwortung wächst, die man mit Urteilen sich auflädt, und deshalb Abwarten (die nächste Morgenzeitung zum Beispiel) besser ist als Herausplatzen mit Meinungen, die dann revidiert werden müssen.
In diesem Falle ist Abwarten freilich nicht möglich, aber auch

nicht nötig. Wenn er Teo zur Wiederholung auffordert, so nur, um ihn zu einer klaren Formulierung zu zwingen. Denn so privat dieser Besuch in Liebschers bescheidener AWG-Wohnung auch aussieht, so wenig ist er es in Wahrheit. Das gibt ihm das Recht, eine so deutlich formulierte Zusammenfassung zu verlangen, daß sie notfalls in einer Aktennotiz festgehalten werden könnte.

Insofern ist Liebschers »Ich verstehe dich nicht« eine zulässige und für ihn notwendige Finte, in anderer Hinsicht aber ist es die reine Wahrheit. Er kann nämlich wirklich nicht begreifen, was Teo von ihm erwartet. Wenn er auch versteht, was Teo sagt, versteht er doch nicht, warum er es sagt, ihm, von dem er doch nur Antworten erwarten kann, die er sich selbst geben könnte.

»Ich brauche deinen Rat«, so hat Teo begonnen, aber wie der Rat aussehen wird, muß er doch selbst schon gewußt haben. Denn so naiv, anzunehmen, er, Liebscher, der Chef, über den der Auftrag gelaufen ist, könne ihm raten, ihn nicht auszuführen, kann er doch unmöglich sein. Denkbar ist lediglich, daß Teo zu ihm kommt wie zum Beichtvater, daß er nicht Rat will, sondern Absolution – für eine Sünde, die erst noch begangen werden soll.

Teo hat einen Auftrag erhalten. Er hat ihn angenommen. Unmittelbar vor dem Termin äußert er Bedenken, ihn auszuführen. Weil ein Buch gelobt werden soll, das angeblich nicht lobenswert ist.

»Das du nicht lobenswert findest!«

»Das bleibt sich gleich, da ich den Vortrag ja halten soll.«

»Du kannst dich irren.«

»Natürlich. Aber selbst wenn das, was ich zu sagen gezwungen bin, die Wahrheit wäre, es wäre Lüge. Niemandem schadet es, wenn der Preisverleihung die Laudatio fehlt, mindestens einem aber, wenn ich sie halte, mir selbst nämlich.«

Damit sind die Positionen für Liebscher klar. Der hier vor ihm sitzt, ist einer, dem das eigne Seelenheil mehr bedeutet als das Wohl aller, ein Kleinbürger, der seine inneren Grenzen für solche des Menschlichen überhaupt hält, ein Subjektivist, der das Heil der Welt in heilen Seelen sucht. Wenn dieser Idealismus für den Hausgebrauch nicht so verbreitet wäre, würde er heute schon so lächerlich sein wie der Ehrenstand-

punkt eines adligen Offiziers, dem man auch zubilligen könnte, worauf es Teo ankommt: die subjektive Ehrlichkeit.
»Und wenn du jetzt kneifst, denkst du, schadet es dir nichts?«
»Ich dachte nicht an den Schaden, den meine Karriere erleiden könnte.«
Natürlich, denkt Liebscher bissig, das liegt einer so edlen Natur völlig fern! Aber er glaubt es Teo, so unwahrscheinlich es ist. Er hat über diese Seltsamkeit schon oft nachgedacht. Lebensuntüchtigkeit wird von Leuten wie Teo zu Moral umfunktioniert. Man meint ernsthaft, das, was man nicht erreichen kann, nicht erreichen zu wollen, und leitet daraus die Berechtigung ab, die Erfolgreichen Karrieristen zu schimpfen. Altertümlich kommt einem das schon vor, aber aussterben wird es wohl erst, wenn sich die Meinung durchgesetzt hat, daß letzten Endes entscheidend der erzielte Nutzen ist und nicht die guten oder schlechten Motive der einzelnen. Auf seinem Posten halten wird der berechnendste Karrierist sich nur, wenn er alle Kräfte, über die er verfügt, einsetzt, und damit ist der Zweck schließlich erreicht.
»Und von Pflicht, Verantwortung, Disziplin hältst du nichts?«
»Im Gebrauch großer Worte war auch ich früher groß«, sagt Teo, der Diskussion, die er heraufbeschworen hat, schon müde. Er spricht so leise, als wäre er nicht interessiert daran, ob der andere ihn hört, von der Formalität all dieser Begriffe, die sinnlos werden, wenn man nicht weiß, worauf sie sich beziehen. Können doch die Pflichten des Staatsbürgers und des Literaturkritikers, des Lehrers und des Familienvaters sich widersprechen. Kann doch gerade die Verantwortung, die der Fachmann für sein Gebiet hat, ihn daran hindern, sich zum Werkzeug einer Pflicht zu machen, die angeblich Größerem verpflichtet ist. »Und im Namen der Disziplin hat schon mancher sich zum Ja-Sager degradiert.«
»Zum Nein-Sager zu werden, hältst du dagegen sicher für eine Beförderung!« sagt Liebscher, etwas lauter und unwilliger, als er vertreten kann. »Du verrennst dich in Hochmut und Besserwisserei, Teo. Aber früher oder später wirst auch du einsichtig werden – und dann froh sein, dir Schwierigkeiten erspart zu haben.«

»Es hat keinen Zweck«, sagt Teo und erhebt sich. »Wir reden über verschiedene Dinge: ich von Lüge und Wahrheit, du von Schaden und Nutzen.«
»Ich muß dich an das erinnern, was du vergißt!«
»Es geht nicht um mich, sondern um die Sache, um unsere große Sache, die auch deine ist, wie ich weiß. Ich kritisiere nicht die Entscheidung der Jury, deren Zusammensetzung und Motive ich nicht kenne. Ich mißgönne Schuster nicht den Preis, den er allerdings vor Jahren, wäre sein Buch damals erschienen, mit mehr Recht verdient hätte. Damals wäre es trotz aller Unvollkommenheiten ein Beispiel gewesen. Ich hätte es bejubelt. Heute muß ich sagen: ein abgenutzter Typ, altes Modell. Wir sind weiter heute, wir, die Leser. Und wir, die Kritiker, wollen das nicht zur Kenntnis nehmen? Wollen nicht zugeben, daß solche Bücher den gehobenen Ansprüchen nicht mehr genügen? Wem nützen denn gelobte Ladenhüter, preisgekrönte Staubfänger?«
»Du übertreibst!«
»Zugegeben! Aber worum es mir geht, ist nicht die Praxis der Preisverleihung. Seien wir froh, daß wir genug Preise haben, um viele ehren und fördern zu können. Mir geht es um mehr.«
»Ich würde sagen: um weniger, um Kleinigkeiten. Du entdeckst plötzlich, daß es Konventionen gibt. Die wird es immer und überall geben, wo Menschen geordnet zusammenleben.«
»Haben wir Besitzverhältnisse, Gesellschaftsformen geändert, um vor Konventionen haltzumachen? Du willst dich ihnen anpassen, ich will sie uns anpassen.«
»Und dabei politischen Schaden stiften.«
»Langfristig gesehen, ist der Schaden größer, wenn Unehrlichkeit sich breiter macht.«
»Du hättest es dir vorher überlegen sollen.«
»In diesem Punkt hast du recht, aber nur in diesem.«
Teo hat schon die Tasche in der Hand, aber geht noch nicht. Es entsteht eine peinliche Pause, die erst Liebscher beenden muß. Mit viel Mühe gelingt ihm sogar ein freundschaftlicher Ton.
»Was zum Teufel soll ich dir sonst noch sagen? Keiner verlangt, daß du die Pauke, auf die du hauen mußt, zu sehr strapazierst. Du fragst mich um Rat, ich gebe dir den: Immer

sind Kompromisse möglich. Tu, was du mußt, aber nicht mehr, als du willst. Und vergiß nicht: Erfolg haben ist Pflicht für jeden.«
Etwas Rührendes hat er, denkt Liebscher, während er ihm aus dem Fenster nachsieht. Solche Art von Selbstzerfleischung ist immer rührend – aber entsetzlich nutzlos.

7

Cornelia Overbecks Trübsinn hatte vor einem halben Jahr auf einer der Parties ihrer Freundin Katharina begonnen. Obwohl sie sich dort stets langweilte, ging sie immer wieder hin. Jedesmal erwartete sie etwas, was nicht kam. Sie wußte nicht, was. Sie tanzte nicht gut und nicht gern und fühlte sich überflüssig. Ihre Stärken, die vor allem im politischen und philosophischen Debattieren lagen, waren hier nicht gefragt. Die laute Musik verhinderte jedes ausführliche Gespräch.
»Wer war dein letzter Tänzer?« fragt sie einmal ihre Freundin. »Den mit der bunten Krawatte, meine ich.«
»Ein Motorsportler, den Matthias mitgebracht hat. Frank Ungewitter heißt er. Wenn er dich interessiert, schicke ich ihn dir her.«
»Danke, keinen Bedarf.«
Der Name Ungewitter war für den jungen Mann sehr unpassend. Landregen sollte er heißen, dachte Cornelia und lächelte über ihren Witz, den sie gut fand. Er sah wirklich so langweilig aus wie nicht enden wollender Landregen. Und weil Cornelia herausfinden wollte, was diesen Eindruck hervorrief, sah sie ihn so lange an, bis Katharina spöttisch fragte, ob sie nicht doch Kupplerin spielen sollte.
»Verschone mich, Mutter!« sagte Cornelia und hob abwehrend die Hände. Sie hatte herausgefunden, daß der Eindruck der Langweiligkeit vor allem durch Ungewitters Farblosigkeit entstand: Unter fahlem Haar saßen im blassen Gesicht hellgraue Augen. Gar nicht einmal ungeschickt, diese Krawatte, sagte sie sich – und dachte schon an anderes, an die Studienbewerbung, die sie noch einreichen mußte, an die nächste Mathematikarbeit und an ihren Plan, unauffällig zu verschwinden.
Als sie nach dem Beutel suchte, den sie hinter sich auf die

Couch gelegt hatte, tanzte Ungewitter so nah an ihr vorbei, daß sie die Beine anziehen mußte, und sagte in diesem Moment, eine längere Erzählung fortsetzend, zu seiner Tänzerin: »Diese Wiese fiel zur Furt hin ab. Sumpfig war es auch, und das Ufer war steil. Mit einem Wort, ein ideales Gelände, um sich das Genick zu brechen. Ich gebe also Gas . . .« Dann war er vorbei.

Cornelia sagte zu sich selbst: Auch die Stimme ist farblos!, fand ihren Beutel und verabschiedete sich von Katharina.

Da verstellte ihr Ungewitter plötzlich den Weg und forderte sie zum Tanz auf.

»Na, wie wär's denn mit uns?« fragte er, und Cornelia sah jetzt erst, daß er ein wenig zu klein geraten war.

»Zu spät«, sagte sie und schlüpfte an ihm vorbei zur Tür hinaus.

In den nächsten Wochen geschah es manchmal, daß sie morgens vor dem Aufstehen oder abends vor dem Einschlafen durch die Vorstellung des hellen Jungengesichts zum Lächeln gebracht wurde. Wie komisch, dachte sie, klein und blaß und dazu dieser Name! Als aber das Gesicht auch in den Schulstunden vor ihr aufzutauchen begann, wehrte sie sich dagegen, indem sie sich seine zufällig mitgehörten Sätze in Erinnerung rief und sie als die unangenehmen Prahlereien eines Aufschneiders bezeichnete, der es nötig hat, sich größer zu machen, als er ist. Aber es half nicht; auch die Protzerei formte sich ihr zum Bild, das sie nicht mehr los wurde: Donnernd rast Ungewitter auf dem Motorrad den Hang hinunter, hochauf spritzt das Wasser, wenn er die Furt durchquert.

Erst auf Katharianas nächster Party sah sie ihn wieder. Als die Freundin sie auf ihn aufmerksam machte, tat sie, als habe sie seinen Namen vergessen. »Ich entsinne mich. Hieß er nicht Hagel oder Nebel? Irgendwas Meteorologisches war es auf jeden Fall.«

»Er hat nach dir gefragt. Soll ich ihn zu dir lotsen?«

»Mach, was du willst«, sagte Cornelia und vertiefte sich in die Lektüre einer Schallplattenhülle, die sie von vorn bis hinten durchlas, ohne ein Wort davon aufzunehmen.

Ungewitter trug eine andere Krawatte, nicht weniger bunt als die erste. Das Mädchen, mit dem er viel tanzte, war fett und gab ihrem jugendlichen Frohsinn dauernd durch Kreischen Ausdruck.

Diesmal blieb Cornelia bis zum Schluß. Als sie den Mantel anzog, stand Ungewitter plötzlich hinter ihr und raunte ihr ins Ohr: »Warte an der Ecke, ich bringe dich noch ein Stück.«

In den Blick, mit dem sie ihn ansah, legte sie so viel Verachtung wie möglich. Dann ging sie – und war enttäuscht, daß er ihr nicht folgte.

Von nun an nahm sie alle Einladungen an, die sie bekam, selbst solche, die die tanzwütige Katharina verschmähte. Längst gestand sie sich ein, daß sie es nur tat, um Ungewitter wiederzusehen. Manchmal wachte sie nachts auf, wenn ihr Vater in die Küche ging. Dann malte sie sich aus, daß die Geräusche von Ungewitter herrührten, der die Tür aufbrach, um zu ihr zu kommen. In den Turnstunden plagte sie die Vision, daß er zum Fenster hereinsähe. Selbst beim Geschichtsunterricht, ihrem Lieblingsfach, begann sie von ihm zu träumen. Daß ihre Zensuren sich ständig verschlechterten, nahm sie interesselos zur Kenntnis. Einmal lief sie auf der Straße einem Mann nach, weil er von hinten Ungewitter ähnelte. Sie wehrte sich gegen sich selbst und wurde, da das wirkungslos blieb, zeitweilig von Selbsthaß zerfressen. Sie lief überallhin, um ihn zu treffen, und traf ihn nirgends.

Im Vorfrühling sagte sie zu Katharina: »Fall nicht gleich um, wenn ich dich nach diesem Burschen frage, der Landregen oder ähnlich hieß. Einer der Polen, die meine Ma manchmal anschleppt, hat nämlich Interesse für Motorsport. Wie kann man ihn erreichen?«

»Keine Ahnung, Conny«, sagte Katharina, ohne weitere Fragen zu stellen. »Frag Matthias, der hat ihn damals doch mitgebracht.«

»Frag du ihn. Schließlich war es ja deine Party, die von ihm verunziert wurde.«

»Dann hast du ihn aber am Halse!«

»Da bin ich schon ganz andere losgeworden«, log Cornelia.

Katharina fragte Matthias auf dem Schulhof, und Cornelia stand dabei und tat, als ob sie nicht hinhörte. Aber als Matthias sagte, Ungewitter wäre für drei Monate »auf Montage«, lief sie auf die Toilette und begann zu schluchzen. Die Erwartung, ihm jeden Tag begegnen zu können, hatte das Gefühl völliger Leere, das sie jetzt beherrschte, bisher nicht aufkommen lassen. Drei Monate waren eine unermeßlich lange Zeit. Ihn drei Monate nicht zu sehen, das war so viel wie nie mehr. In diesen Minuten verlor das blasse Traumgesicht auch den letzten Rest von Langweiligkeit. Tränen wuschen jeden Widerstand gegen ihn aus ihr heraus.

Als sie verspätet in den Unterricht ging, fühlte sie sich ihrer Qual völlig ausgeliefert. Ein Vierteljahr lang keine Freude mehr empfinden zu können, schien ihr unerträglich. Kein Buch, das sie würde erschüttern können, kein Film, der sie lachen ließ, kein ruhiger Schlaf, kein Überlegenheitsgefühl in Diskussionen, kein Blitz plötzlicher Erkenntnis!

Zuerst gab sie sich noch Mühe, ihr altes Leben weiterzuleben, dann zog sie sich mehr und mehr zurück. Die Schule wurde ihr völlig gleichgültig, die Freundlichkeit der Eltern ständige Herausforderung ihres Zorns. Parties, Kinos, Theater, Versammlungen mied sie. Auf Spaziergängen konnte sie den Schmerz, den die sich belebende Natur ihr bereitete, nicht ertragen. Unbedeutende Anlässe ließen sie in Tränen ausbrechen.

An einem der lang gewordenen Nachmittage kam ihr als Hoffnungsschimmer in der Nacht ihrer Leiden der Gedanke, daß das Vierteljahr eher um sein könnte, als sie erwartete. Matthias hatte nicht gesagt, wann es begonnen hatte. Sie hatte Ungewitter zum letzten Mal kurz vor Weihnachten gesehen. Wenn er damals schon gefahren war, könnte er jetzt schon wieder zurück sein. Die Furcht, den Tag seiner Rückkehr trauernd zu versäumen, machte sie bedenkenlos.

»Du mußt 'rauskriegen, wann der Ungewitter zurückkommt«, sagte sie zu Katharina, die sich aber weigerte, Matthias noch einmal zu fragen.

»Lieber würde ich mein Lebtag keinen Beat mehr hören, als die Sage zu nähren: Ich stehe auf dem«, sagte die Freundin. »Aber Grund, zum Rauschgift zu greifen, ist das nicht. An wen wendest du dich vertrauensvoll, wenn du nicht weiter weißt? An die Partei natürlich.«

Damit griff Katharina zum Telefon, wählte die Nummer der Kreisleitung und sagte: »Tag, Papa! Gib mir doch mal die Nummer vom zuständigen Büro des Sportverbandes. Cornelia interessiert sich für Motorsport.«

Sie grinste zu Cornelia hinüber, die, heftig erregt, auf der

Couch saß, wählte gleich wieder und sagte dann: »Kreisleitung! Sportsfreund, kennt ihr einen gewissen Ungewitter? Soll ein großer Motorsportler sein... Gut, dann ein kleiner, aber wißt ihr, wo und wann der erreichbar ist?« Und dann schrieb sie, und Cornelia stand auf und sah zu, was sie schrieb: ein Datum erst, fünfter Mai, und dann eine Adresse und eine Telefonnummer und hinter die Adresse in Klammern »privat« und hinter die Rufnummer in Klammern »Betrieb«.

Nachdem Cornelias Leiden nun ein Termin gesetzt war, verlor es an Heftigkeit. Sie konnte die Wirklichkeit wieder wahrnehmen. Die Schule bekam ein wenig von ihrer Bedeutung zurück. Sie entsann sich wieder der Spannung, mit der sie auf Annahme oder Ablehnung ihrer Bewerbung zum Philosophiestudium wartete. Der Tyrannisierung ihrer Eltern wegen stellten sich Gewissensbisse ein. Vorsichtige Annäherungsversuche der Mutter beantwortete sie jetzt manchmal mit wilder Zärtlichkeit. Manchmal war sie versucht, sich dem Vater anzuvertrauen, manchmal spürte sie Mitleid mit ihm, weil er sich von Nichtigkeiten krank machen ließ. Sie war in der Lage, ihm zu verraten, was wirkliche Größe und Wichtigkeit besaß.

Aber mit dem Nahen des langersehnten Tages wuchs auch eine sanfte Traurigkeit an ihr, eine Ahnung davon, daß die Wirklichkeit ihre Sehnsucht nie würde erfüllen, ihre Begierde nie würde stillen können. Ein wehmütiges Gefühl des Abschieds kam über sie. Was sie monatelang erfüllt hatte, würde nun zu Ende sein. Was ihr das Liebste gewesen war, ihre Träume, würde von Tatsachen zerstört werden. Noch ehe ihre Qualen beendet waren, konnte sie sich vorstellen, wie sie sie in der Erinnerung liebgewinnen würde.

Dazu kam die Angst vor dem Erwachen. Noch träumte sie, wußte aber schon, daß sie träumte, wehrte sich dagegen, in den Alltag zurückzukehren, versuchte, den Traum fortzusetzen, und war doch schon davon überzeugt, daß das nicht möglich war. Von Tag zu Tag wurde ihr bewußter, daß der Ungewitter, nach dem sie sich sehnte, ihr Eigentum war, ihre Schöpfung, für die der tatsächliche nicht mehr als Anlaß gewesen war. Sie würde dem wirklichen zürnen, weil er dem fiktiven nicht entsprach.

Als der fünfte Mai da war, wirkte das Bewußtsein, ihn wieder in der Nähe zu wissen, lähmend auf sie. Früher hatte sie oft gedacht, daß nichts schlimmer sei als Leiden, denen kein Handeln vergönnt ist. Jetzt hatte sie die Gelegenheit zum Handeln und nutzte sie nicht. Einmal nahm sie allen Mut zusammen, fuhr mit dem Bus in den nächsten Vorort, in dem er wohnte, ging an seinem Haus vorbei und atmete erleichtert auf, als sie das Ende der Straße erreicht hatte, ohne ihm begegnet zu sein.

Seit Wochen hatte sie sich vorgenommen, ihn anzurufen. Sie setzte sich Termine und hielt sie nicht ein. Sie hoffte darauf, daß er ihr das Handeln abnehmen würde. Wenn sie den Briefkasten leerte, klopfte ihr Herz vor Erwartung. Jedes Telefonklingeln erschreckte sie. Wenn sie aus der Schule kam und ihr Vater zu Hause war, beruhigte sie das. Dann konnte sie nicht anrufen. Das Telefon stand auf seinem Schreibtisch.

Heute nun ist Unglaubliches geschehen: Sie hat Ungewitter einen Vormittag lang vergessen. Größerer Schmerz hat kleineren verstummen lassen, neue Krankheit alte überlagert. Auf ihr Leiden von gestern sieht sie heute wie auf Glück zurück.

Auf die Frage des Lehrers, was sie jetzt tun werde, hat sie, Gleichgültigkeit vortäuschend, die Schultern gehoben: »Mal sehen!« Selbst auf dem Heimweg mit Katharina hat sie sich noch beherrscht geben können. Erst als sie die Gartentür hinter sich schließt, erzwingt ihre Verzweiflung sich den Weg nach außen. An Birt, der zwischen Blumen kniet, läuft sie abgewandten Gesichts vorbei.

Sie versucht, alles zu tun, was sie auch sonst tut, wenn sie nach Hause kommt. Sie geht in die Küche, setzt Teewasser auf, schneidet Brot. Sie nimmt Butter und Wurst aus dem Kühlschrank, streicht Schnitten, belegt sie. Sie wäscht das Morgengeschirr und trocknet es ab, stellt es in den Schrank, gießt Tee auf. Mit Tablett und Schultasche geht sie in ihr Zimmer. Sie schaltet das Radio an und setzt sich vor das Essen. Aber sie ißt nicht.

Der Tee ist schon kalt, als Birts Klopfen sie aufschreckt. Er bringt Blumen, Schwertlilien, gelb-violett, Mohn, Margeriten.

»Wie schön!« sagt sie, wischt sich die Augen trocken und läuft in das Zimmer der Eltern nach einer Vase. Ihr Blick fällt auf das Telefon. Wie eine Erinnerung an ferne Zeiten fällt ihr

Ungewitter ein, und sie weiß, daß es ihr heute nicht schwerfallen wird, ihn anzurufen.
Sie füllt die Vase mit Wasser, stellt die Blumen hinein, beugt das Gesicht über den Strauß und wartet darauf, daß der alte Mann geht.
»Ist was passiert?«
Sie atmet den süßen, fauligen Duft der Blumen und wünscht sich, nicht antworten zu müssen. Da die Besorgtheit des Alten ihr wieder Tränen in die Augen treibt, versucht sie an das Telefon zu denken, durch das sie bald Ungewitters Stimme hören wird.
»Kann ich dir irgendwie helfen?«
»Danke, nein. Mir hätte lediglich ein Defekt im Computer helfen können.«
Welche wunderbare Einrichtung, so eine Maschine, denkt sie. Alle, die ihr die Verantwortung zuschieben, reden von ihr wie vom lieben Gott. Die Maschine kann alles, macht alles, weiß alles – und keinen trifft mehr eine Schuld. Denn die Maschine schuldig sprechen zu wollen, wäre doch sinnlos; was sie tut, ist wohlgetan.
»Ich verstehe nicht«, sagt Herr Birt.
Um ihm zu zeigen, daß sie nicht mehr weint, hebt sie das Gesicht und sieht ihn an. Ungerecht, denkt sie, daß man sich vor fremden Menschen mehr beherrscht als vor vertrauten. Vor ihrer Mutter würde sie losheulen und ihr damit klarmachen, wie grenzenlos ihr Leid ist.
»Angeblich entscheiden mit unseren Zensuren gefütterte Computer, wer studieren darf.«
»Du darfst also nicht?«
Sie nickt.
»Da gibt es keinen Einspruch?«
Sie schüttelt den Kopf.
»Schlimm«, sagt der alte Mann und setzt sich schwerfällig. »Ich weiß, was das für dich bedeutet.«
»Bekleidungsingenieur, Rinderzüchterin oder Bürokraft bei der Interflug kann ich werden!«
»Das ist doch nichts für dich«, sagt Birt, den Hohn in ihrer Stimme überhörend. »Aber objektiv ist so eine Maschine. Keiner ist so objektiv wie die. Das mußt du zugeben.«
»Glauben Sie vielleicht, daß der Computer auch entscheidet, ob die Tochter des Ministerpräsidenten studieren darf?«

»Ich glaube, daß die Tochter des Ministerpräsidenten es sich nicht wird leisten können, einen schlechten Zensurendurchschnitt zu haben«, sagt Birt, und es gelingt ihm nicht ganz, die Strenge des Tons unter Mitleid zu verbergen.
Wer glaubt, wird selig, denkt Cornelia, gießt sich als Zeichen für die Beendigung des Gesprächs Tee ein und beginnt zu essen.
Birt erhebt sich auch sofort, bleibt aber an der Tür wieder stehen.
»Natürlich ist es schrecklich, aber eine Tragödie doch auch wieder nicht. Als ich vor dem ersten Krieg meine Lehrlingsstelle bei Schwartzkopf verlor, war das eine Existenzfrage nicht nur für mich, für die ganze Familie. Denk auch mal daran.«
»Hat es Sie damals vielleicht getröstet, daß Ihr Großvater hundert Jahre zuvor überhaupt nichts hat lernen dürfen?«
»Ich meine es nicht als Trost. Nur so, als Überlegung, weil uns der Gedanke an schon Erreichtes oft hilft. Euch vielleicht nicht. Schade, aber nicht zu ändern. Dein Vater schon würde mich besser verstehen.«
»Ob der mir helfen kann? Schließlich ist er bei der Uni angestellt.«
»Ich weiß nicht...«, sagt Birt. Mehr nicht. Aber sein Gesicht zeigt, daß es ihm lieber gewesen wäre, das nicht gehört zu haben. Leise, als verlasse er eine Kranke, schließt er hinter sich die Tür.
Minuten später sitzt Cornelia am Telefon. Schnell und sicher wählt sie die Nummer, die sie auswendig weiß. Sie handelt unter Zwang. So muß einem Verletzten zumute sein, der mit letzter Kraft den Arzt ruft.
Eine Frauenstimme sagt Unverständliches, dann monoton, aber klar: »Ich verbinde mit Abteilung eins.«
Dort meldet sich ein Mann mit Namen. Cornelia hat den Anruf so oft in Gedanken durchgespielt, daß sie, ohne sich konzentrieren zu müssen, jetzt zu schauspielern beginnt, Dringlichkeit vortäuscht.
»Na gut, Fräulein«, sagt der Mann, »aber ein Weilchen dauert es.«
»Vielen Dank!«
Sie muß einige Minuten warten. Wenn sie eine Woche, einen Tag vorher angerufen hätte, wäre ihr in diesen Minuten

klargeworden, daß der Ungewitter, den sie liebt, ein Schatten ist, den sie selbst wirft, daß der wirkliche Ungewitter die Sonne ihrer Sehnsucht verdunkeln, den Schatten töten wird. Heute aber braucht sie Hilfe, und sie zwingt sich, zu glauben, daß sie von dort kommen wird.

Als er sich meldet, erschreckt sie die Fremdheit der Stimme. Sie hat nie Erinnerungen an deren Ton gehabt, aber immer geglaubt, daß sie erwachen würden, wenn sie sie wieder hört. Sie kann nicht gleich sprechen, obwohl sie weiß, was sie sagen muß.

»Hallo?«

»Hier ist Cornelia Overbeck. Vielleicht erinnerst du dich, wir trafen uns . . .«

»Natürlich, Wie geht's?«

»Wir trafen uns im Winter auf Katharinas Party. Mich bat jemand, ein polnischer Freund, um Auskunft über Motorsport bei uns. Da dachte ich an dich.«

Sie macht eine Pause, eine vorhergesehene. Ihr Plan, den sie trotz der veränderten Situation nicht zu ändern wagt, sieht jetzt vor, auf seine Reaktion zu warten, die auch sofort kommt, ein bißchen zu frisch und zu laut.

»Recht so. Komm doch einfach bei mir vorbei. Um eins mache ich Schluß heute, um halb zwei bin ich zu Hause.«

»Geht das?«

»Warum nicht? Hast du meine Adresse?«

Er diktiert und sie wiederholt jedes Wort, so, als schreibe sie mit.

»Am besten ist, du fährst mit dem Bus.«

»Ja.«

»Dann also: bis gleich.«

Sie legt auf und geht, ohne sich einen Augenblick zu besinnen. Die alte Uhr schlägt rasselnd halb drei. Es ist also eins. Um halb zwei kann sie bei ihm sein. Sie versucht, auf ihre Gefühle zu achten, und merkt, daß keine Freude über das Funktionieren ihres Plans sich regt, keine Scham sie quält, kein Stolz verletzt ist, keine Sehnsucht mehr da ist, keine Begierde, keine Angst. Nichts ist da als ein wenig Hoffnung, nicht mehr allein zu sein zwischen den Mauern ihrer Verbitterung.

8

Irene Overbeck gehört nicht zu den von Tragik umwitterten Gestalten, die an der Inkongruenz von Ideal und Wirklichkeit zu zerbrechen drohen. Sie hat die Fähigkeit, sich ihrer Vorstellung von der Wirklichkeit auch zu erfreuen, wenn diese ihnen nicht entspricht. Sie kann aus der schwärzesten Blüte noch Honig saugen, sich beim Beinbruch darüber freuen, daß das Genick heil geblieben ist, und wenn sie zum Hutkauf einen seriöseren Berater braucht als ihren polnischen Verehrer, diesen wegschicken und sich jenen erschaffen nach ihrem inneren Bilde: eine Göttin, wie Teo sie in Momenten höchsten Entzückens manchmal nennt.

Der erste Hutkauf ihres Lebens ist ein Ereignis, das ein anderer nicht zu würdigen versteht. Jan Kaminski würde, ohne zu ahnen, daß er damit Heiliges verletzte, seinen Werberummel weiterlärmen lassen. Sie muß ihm also, in der Tür des Hutladens stehend, klarmachen, daß er ins Hotel zurück soll, um seine Kollegen zu beruhigen und zu sagen, sie komme bald. Jetzt ist noch eine aufdringliche Verkäuferin abzuwehren, dann ist es soweit: Der Traum-Berater, ein eleganter, graumelierter, nicht mehr junger Herr, kann sie zum ersten Hutkauf ihres Lebens begrüßen.

Geduldig lauscht er ihren schlecht vorbereiteten und somit zahlreichen Worten, mit denen sie sich ganz in seine Hände gibt: Etwas Damenhaftmachendes soll es sein, etwas Breitkrempiges, Florentinerähnliches (falls Florentiner nicht vielleicht grundsätzlich aus Stroh sind), Filz oder (und dabei nimmt sie schon das zu erwartende Lächeln des Bedauerns vorweg) Wildleder oder vielleicht auch was Kleines, eine Kappe, eine *Toque.*

Da wird das Gesicht des Herrn in einer der Größe der Aufgabe entsprechenden Art ernst. Sehr höflich, kein bißchen herablassend, sehr sicher, sehr ermutigend, mustert er sie mit einer wohldosierten Mischung aus Sachlichkeit und persönlichem Interesse, sagt: »Ihr Gesicht, gnädige Frau, verträgt einen Hut, ihre Figur verlangt nach einem!« und schreitet zur Tat, was heißt zum Regal mit Modellhüten, nicht zum Schrank, in dem Massenware gestapelt ist.

Bedrückend für Irene ist, daß die Verkäuferin oder vielleicht auch Inhaberin ihr die freundliche, aber feste Zurückweisung übelgenommen hat. Sie sitzt in der Ecke, hat ihr griesgrämiges Gesicht über die Schreibarbeiten gebeugt, macht ein paar Striche und starrt wieder auf den Stift. Irene sucht sie zu vergessen, indem sie sich vor Augen hält, wie herrlich es doch ist, daß keine Mittagspause, keine Inventur, keine Warenannahme ihr den Laden verschließt, daß sie ohne Sorgen um das nächste Mittagessen die Preisschilder lesen kann, auch die der Modellhüte.

Aber das alles ist rasch verdrängt durch Verliebtheit, was schnell geht bei ihr. Schon in Mädchenzeiten und später immer wieder gab es neben Paul, neben Teo, die dadurch nichts verloren, Kaiser ihres Herzens, deren Regierungszeiten kurz waren, deren Purpurglanz plötzlich aufflammte und langsam erlosch, unbemerkt, von neuen Strahlen verdunkelt, ohne Interregnum, ohne kaiserlose schreckliche Leerzeiten, was nicht Flatterhaftigkeit war, sondern Alliebe (nicht nur zum anderen Geschlecht), harmlos, unschuldig, ohne Gefahr für den, dem sie ganz und gar gehörte. Folge ihres Hungers nach Freuden, der nie gesättigt wurde, weil die Freudennahrung leicht war: Leichtkost, ein Nichts oft für andere, wie zum Beispiel dieser eine Hut, auf den ihr Auge zuerst fällt und in den sie sich in diesem Augenblick verliebt, was besagen soll, daß die Freude, die sie bei seinem Anblick empfindet, sie ganz erfüllt und zugleich den Wunsch nach seinem Besitz in ihr weckt. Zwar bemüht sie sich, auch den anderen Hüten Aufmerksamkeit zu widmen, aber dieser Vorsatz ist unausführbar.

Ihre Frage »Darf ich?« bringt den Grübelkopf in der Ecke zum Nicken; aber als sie nach dem Hute faßt, besinnt sich die Verkäuferin ihrer Pflichten, notiert hastig Resultate ihres Nachdenkens, springt auf, nimmt den kostbaren Gegenstand mit drei Fingerspitzen der rechten und dreien der linken Hand vom Ständer, drückt ihn vorsichtig auf Irenes Haar, setzt an zum gewohnten Verkaufsgespräch, besinnt sich aber auf diese besondere Kundenindividualität und kehrt an ihren Sitzplatz und in ihre Denkerhaltung zurück, während Irene zum Spiegel tritt, der sich um eine Querachse bewegen läßt. Sie richtet ihn und sieht sich an, ernst, gefaßt, prüfend, mit Mut zur Skepsis, mit dem Vorsatz, ihre Vernunft nicht an ein schönes Spiegelbild zu verraten.

»Das ist genau der Rahmen, gnädige Frau«, sagt der Graumelierte mit mühsam gedämpfter Begeisterung, »der zu Ihrem Gesicht paßt!«

Er steht hinter ihr, sieht über sie hinweg mit in den Spiegel, und da Irene findet, daß er recht hat, schenkt sie ihm ein Lachen, das sie sofort zurücknimmt, zum Lächeln wandelt, weil der Hut ihr eine Würde verleiht, der ihre Züge gerecht werden müssen.

Wird das aber auch immer möglich sein? Sie zweifelt daran, wenn sie an die Dame denkt, der sie den Einfall zum Hutkauf verdankt. Ihr fehlt deren imposante Gestalt, die reife Fülle des Gesichts, sagt sie sich, muß aber ihrem imaginären Berater recht geben, wenn er sie auf den Reiz von Kontrasten hinweist: Schmalgesicht unter breiter Krempe, Jugendlichkeit in eleganter Hülle, Härte von Weichheit umrahmt.

Seine Stimme gewinnt dabei an Intimität, ohne die Grenze zur plumpen Vertraulichkeit auch nur zu berühren. Irene hat wie die meisten Frauen die Schwäche, jeden Mann angenehm zu finden, der sie begehrt, ist aber in der Situation und in dem Alter, in dem Eitelkeit stärker wird als Begierde, weshalb sie von Männern verlangt, sich mit öffentlichem Flirt zu begnügen. Darum ist ihr Berater charmant, aber zurückhaltend und die Intimität nur da, um ihn in die Realitäten ihres Lebens einweihen zu können: Nie kommt sie aus der Stadt zurück ohne gefüllte Einkaufsnetze, und was soll der Hut an ihr, wenn sie gar Garderobenständer schleppt, Besenstiele oder Rhododendronbüsche für Herrn Birts Garten? Denn da ihrem Gatten vieles Unerklärbare wichtiger ist als seine Karriere, hat sie kein Auto, und dieser Hut und die S-Bahn passen wohl schlecht zusammen in dieser hutfeindlichen Hauptstadt.

»Selbstverständlich ist das nur ein Stück für besondere Gelegenheiten«, sagt der Berater, unterdrückt die naheliegenden Witzworte über den Begriff des Unter-die-Haube-Kommens (den Teo später etymologisch und kulturhistorisch untersuchen und über gotische Zuckertütenhüte, Biedermeierschuten, Rembrandthüte und Wagnerkappen bis hin zu Schillerkragen und -locken, zu Bismarckheringen und Napoleonschnitten ausweiten wird) und fragt suggestiv, ob dieser Tag heute eine solche besondere Gelegenheit nicht böte, was sie (zu impulsiv) bejahen muß.

»Aber darf man dafür soviel Geld ausgeben?«
»Warum nicht? Sie werden viel Freude damit machen!«
Wem? Teo? Dem werden Sorgen die Augen verschließen, oder er wird lächeln über soviel törichte Eitelkeit. Cornelia wird auf ungelöste Weltprobleme hinweisen und sich durch die Schönheit ihrer Mutter nicht aus ihrem Trübsinn reißen lassen. Nur Herr Birt wird ehrlich entzückt sein.
Sie geht ein paar Schritte zur Tür, zum Schrank, auf die Verkäuferin zu. Die Krempe wippt bei jedem Schritt auf und ab. Der Hut zwingt sie zu einer anderen Gangart, zu einer langsameren, würdigeren. Ihr Gesicht wird schöner durch ihn, ihr Schritt erhabener. Nach Anerkennung hungernd, sieht sie zur Verkäuferin hinüber, die ihr Verlangen spürt, aber aus Trotz weiterschreibt, sorgenvollen Gesichts. Ihrem Drang zur Versöhnung folgend, beugt Irene sich vor, um zu sehen, in welch schwierige Arbeit sich die Beleidigte flüchtet. Es ist ein Kreuzworträtsel.
»Was fehlt Ihnen denn noch?« fragt sie besorgt.
»Raubfisch mit drei Buchstaben; der zweite A, der erste T.«
»Hai, würde ich denken, wenn das T nicht wäre. Und wie finden Sie den Hut?«
»Der Hut ist gut«, sagt die Putzmacherin unversöhnlich.
»Für mich?«
»Schon. Bloß die Farbe!«
»Sie paßt nicht zu mir?«
»Nicht zum Kostüm.«
Um die Versöhnung doch noch herbeizuführen, sagt Irene, bevor sie zum Spiegel zurückkehrt: »Tal würde gehen, aber Raubfisch?«
Sie versucht, ihre Aufmerksamkeit ganz auf die Farben zu konzentrieren, auf das Beige des Kostüms, das Hellblau des Hutes. Leicht ist das nicht, weil ihr Spiegelbild als solches sie immer wieder entzückt und ihre Gedanken nach Ausbreitung drängen, seitdem ihre Erinnerungen an die Welt hinter der Ladentür wieder erwacht sind. Wie im April liegt doch im Leben der Winter dem Sommer oft nahe, und dem Denken und Fühlen genügt manchmal ein kleiner Anstoß, um aus Frühlingsblütenwiesen in Schneefelder zu geraten, ja, um sich gleichzeitig in beiden zu bewegen. Sie kann den ruhigen Einkauf genießen, sich einen charmanten Berater erschaffen, sich mit der Rätselfreundin vielleicht sogar ver-

söhnen, nicht aber alles andere vergessen: die Angst um Teos Zukunft, die Unruhe, die die Begegnung mit der Vergangenheit erzeugen kann, Cornelias unerklärbare Melancholie, die zwar bei ihr nicht auch solche erzeugt, aber ihren Kleinfreuden jedoch einen dunklen Hintergrund gibt.
Wenn doch die Putzmacherin sich bloß äußern wollte! »Taa, Tab, Tac, Tad«, murmelt sie in deren Richtung, um zu zeigen, daß sie die Hoffnung noch nicht aufgegeben hat. Tak vielleicht oder Tao? Oder liegt Nummernverwechslung vor? Wird vielleicht nach Handlung gefragt, so daß Tat die Lösung bringt?
Plötzliche Entschlüsse gehören zu Irene wie die Zeiger zur Uhr. Eben hat sie vor dem Spiegel noch Kopf, Hals, Oberkörper gedreht und gewendet und die Farbzusammenstellung unmöglich gefunden, jetzt nimmt sie den Hut ab und sagt: »Ich nehme ihn.« Und als sie merkt, daß sie damit die Verkäuferin noch mehr schockiert, fügt sie Erklärungen hinzu: »Für die Tochter!« Die nämlich ein himmelblaues Kleid besitzt, das sie heute, ob sie will oder nicht, endlich einmal anziehen muß. Das Wetter ist danach, die Beschäftigung mit Äußerlichkeiten wird ihrem Innern guttun. Auch sind weder Trübsinn noch Intelligenz Alibi für Schlamperei, auch Kleidung gehört zur Moral, und Verantwortung für die Gesellschaft dokumentiert sich auch im Anblick, den man ihr bietet.
»Und Sie selbst?« fragt die durch Vertraulichkeit nun völlig versöhnte Verkäuferin und hat was Ockerfarbenes in der Hand.
Auch der Graumelierte nickt anerkennend, als er das neue Spiegelbild sieht, äußert aber auch Bedenken, nicht des Hutes, sondern des Gesichts wegen, dem die der Kopfbedekkung angemessene Heiterkeit fehlt. »Kummer, gnädige Frau, steht Ihnen nicht und hilft keinem. Auf dem Totenbett, auf dem Rednerpult, in der Verzweiflung ist jeder allein, und damit die Freude in der Familie nicht ausstirbt, müssen Sie sie bewahren; denn die ist wichtiger als Titel und Autos«, sagt der innere Berater nicht ohne Erfolg.
»Den behalte ich gleich auf.«
»Sie werden es nicht bereuen.«
Zum Dank für die Freundlichkeit zwingt Irene die Frau noch einmal an ihr Rätsel zurück. Nachdem sich heraugestellt hat,

daß die Kopfbedeckung nicht Hut, sondern Fez ist, die Ulme dadurch zur Espe wird, der Rum zum Tee, die Mutter zur Nichte und der Raubfisch also mit C beginnt, geben sie es lachend auf.
Beim Überqueren der Kreuzung, die noch immer Oranienburger Tor heißt, muß Irene den gewohnten Schnellschritt noch mühsam zügeln. Vor dem Hotel ist der dem Hut angemessene Gang schon Gewohnheit geworden. Kaminski sieht aus, als wollte er vor ihr niederknien. Auch die anderen Obstfachleute, die sich bisher zurückhielten, lassen nun Anerkennung und Lobpreisung laut werden.

9

Es ist Zeit zum Mittagessen, und keiner der drei Overbecks denkt daran, selbst Teo nicht, obwohl er es ißt, achtlos, gedankenlos oder vielmehr gedankenvoll, zu voll von Gedanken an entferntere Vergangenheit und naheste Zukunft, als daß Raum bliebe für solche an Kartoffeln, Fischfilet und scheußliche Mehltunke, die, schlecht gekaut, in einen Magen rutschen, dessen chronisch entzündete Schleimhäute am Abend noch revoltieren werden.
Er hat mal wieder den Tisch gewechselt, die Gedanken aber nicht. Er ißt und redet dabei zu einem Gegenüber, das, je nachdem, Genossin oder Fräulein Hesse genannt wird, durch außerordentlich kurzes Haar und außerordentlich modische Brillenfassung auffällt und an einer Dissertation über ein außerordentlich spezielles Thema der englischen Gegenwartsliteratur arbeitet. Nur Doktor Overbeck zuliebe hat sie sich auch mit deutscher Literatur befaßt, und die Meinungen, die sie darüber hat, zeigen die Tendenz, den seinen immer ähnlicher zu werden. Jedes Wort, das er in den vergangenen zwei Jahrzehnten geschrieben oder in ihrer Gegenwart gesprochen hat, speichert sie, auf jedes entstehende wartet sie mit Spannung. Sonst aber stellt sie keine Ansprüche. Sie ist also außerordentlich wohltuend für einen Mann, der seine Frau und seine Ordnung herzlich liebt, Disziplinlosigkeit und Seitensprünge verachtet, aber wie jedermann Achtung und Verehrung gern zur Kenntnis nimmt und verständige Zuhörer schätzt.
Auch dann noch, wenn sie wie Fräulein Hesse manchmal –

arglos übrigens – unbequem werden durch eben das, was sie so wohltuend macht: durch Hochachtung und außerordentliches Gedächtnis. Das arbeitet auch überm Kabeljaufilet noch. Es erinnert sich an Worte, die, vor siebzehn Jahren zu einem Freund gesprochen, ihr vor drei Jahren wiederholt wurden, und die ihr im Widerspruch zu stehen scheinen zu dem, was der Doktor eben gesagt hat.
Sie kramt das nicht etwa hervor, um ihm Widersprüchliches nachzuweisen, ist vielmehr überzeugt, daß sie Widersprüche sieht, wo es keine gibt. Sie öffnet ihren Speicher nur, um zu erfahren, was sie falsch sieht, wo bei ihr Gedächtnislücken klaffen. Sie fragt also aus reinem Wissensdurst nach der ihr unverständlichen Tatsache, daß Teo Overbeck an Paul Schusters Schreibweise heute gerade das schlecht findet, was er damals vermißt und gefordert hat. Sie hört darauf ein langgedehntes: Jaaa! Aber das soll nicht Antwort sein, sondern Pausenzeichen.
Käme es Teo darauf an, recht zu behalten, würde er Fräulein Hesse unhistorisches Denken vorwerfen, die Frage großzügig über sich hinaus ins Allgemeine verweisen, vielleicht antworten: Weil die Zeiten anders sind! und natürlich recht damit haben. Denn die Zeiten sind immer andere: nach zwei Jahrzehnten, nach zwei Stunden. Aber er will ja nicht nur recht haben, so ist er ja nicht mehr. Er glaubt ja nicht mehr, die Weisheit gepachtet zu haben, weiß ja inzwischen, daß Wissenserweiterung schöne Einfachheiten von Lehrsätzen zerstört, daß auch Größe veraltet, auch eiserne Denkmäler stürzen können, Irrtümer immer und überall möglich sind, daß es nicht auf Rechthaberei, sondern auf Wahrheitsfindung ankommt, daß es zwar bequem, aber dumm ist, einmal gefundene Wahrheiten wie ewige zu behandeln, daß man immer Lernender bleiben muß und daß Gemeinplätze, wie die von den anderen Zeiten, nur Sinn haben, wenn man sie nicht als Generalabsolution benutzt und stets alle Warum-, Wieso-, Inwiefern-Fragen zuläßt oder am besten gleich mitdenkt. Und deshalb holt er nach der Pause weit aus, gibt jenen fernen Zeiten Farbe und Gestalt, jenen fremden Jünglingen namens Paul und Teo Geist, jenen vier Fassungen des einen Romans Ziffern und charakterisiert sie als erstens naiv-sentimentale Schnulze, zweitens geniales Chaos, drittens glatten Gips.

»Und viertens?« fragt Fräulein Hesse, bleibt aber ohne Antwort, weil Teo seine Gedankenentwicklungsmethoden selbst bestimmt und zu zweitens und drittens noch etwas zu sagen hat, nämlich: »Ich führte einen harten Kampf. Um ihn, wie mir damals schien. Gegen ihn, wie ich heute weiß.«
»Die dritte Fassung stammte also von Ihnen?«
»Er war ein Naturtalent, das ich mit dem besten Gewissen der Welt kaputtgemacht habe.«
»Sie übertreiben!«
Fräulein Hesse fährt mit gespreizten Fingern durch ihre Haarstoppeln – ein Zeichen von Empörung, die aber nicht dem ehemaligen Studenten, sondern dem gegenwärtigen Doktor gilt, dem sie nicht gestatten will, Schatten auf die von ihr verehrte Lichtgestalt zu werfen.
»Anstatt die chaotische Welt, die er entworfen hatte, zu ordnen, baute ich ihm eine andere auf, eine vorgeformte, in der alles aufging. Aus erschreckenden Dissonanzen wurden gefällige Harmonien, schreiende Farben wurden abgedeckt, gefährliche Tiefen mit nichtssagenden Worten gefüllt. Alles wurde glatt und richtig, langweilig und farblos.«
»Er wehrte sich nicht dagegen?«
»Natürlich. Aber ich war stärker, und ich hatte Verbündete; seine Unsicherheit und seinen Willen, gedruckt zu werden. Ich wollte ein Werk fördern, das unserer Sache hilft. Ich sagte ihm: Was du schreibst, entscheidest du; was gedruckt wird, wir!«
Sympathisch an Fräulein Hesse ist, daß sie an dieser Stelle lächelt, über das Wir aus dem einundzwanzig- oder zweiundzwanzigjährigen Mund nämlich, das doch den Tatsachen nicht angemessen und also lächerlich ist – für sie Jahre später, kaum aber damals für den angehenden Schriftsteller, auch wenn er die mit dem Du-Wir aufgerissene Kluft gar nicht bemerkte, wohl überhaupt nicht merkte, was da mit ihm und seinem Buch geschah, weil das nicht plötzlich kam, sondern sachte, langsam, nach und nach. Es handelte sich ja nie um große Entscheidungen, nur um Einzelheiten, in denen er nachgab, um Worte, Sätze, Absätze, Kapitel. Sollte er sich vielleicht an jedes einmal geschriebene Wort klammern? Hielt er seine Metaphern vielleicht für heilig? Konnten seine Figuren nicht auch anders sein? Wollte er klüger sein als sein Freund, der sogar im Plural auftrat? Wer von beiden wußte

denn, was zu naturalistisch war und was nicht? Er klammerte sich ja tatsächlich zu sehr ans Biographische, ans Private. Und sich selbst für wichtiger halten als das Ganze, wollte er doch wirklich nicht.
»Was ich dem Buch geben wollte«, sagte Teo, »war Weite, Öffentlichkeit, Größe, Gültigkeit, Totalität. Alles richtig. Und doch wurde alles falsch. Etwas fehlte: Individualität. Es war, als hätte das Buch keinen Autor mehr.«
»Das meinen Sie jetzt. Aber damals?«
»Ich wußte, was in der Literatur richtig und falsch, aber nicht, was sie selbst ist. Ähnlich geht es uns mit der Liebe, mit dem Leben, mit dem Glück: Wir wissen alles darüber, ohne es zu kennen.«
Welch ein Tag für Fräulein Hesse! Sie kann sich nicht erinnern, die Worte Liebe und Glück aus Overbecks Mund gehört zu haben, was so viel heißt wie: Er hat sie in ihrer Anwesenheit nicht gesprochen, bis jetzt, bis zu dieser bedeutenden Minute, in der in ihr etwas aufbricht: der Keim einer Hoffnung.
Liebe hat er gesagt, Glück, ganz allein zwar, wenn überhaupt auf jemanden beziehbar, dann nur auf sich selbst, nicht auf sie, ganz und gar nicht auf sie beide, aber doch: Glück, Liebe, etwas Privates, mehr als nur Literatur und Wissenschaft und Lehrbetrieb. Worte nur, gewiß, ohne höhere Bedeutung, die sie ja auch gar nicht hineinlegen will. Sie registriert nur: Das hat er gesagt! Und indem sie registriert, durchbricht etwas die Kruste der Hoffnungslosigkeit und macht sie an dieser Stelle verwundbar für lange Zeit.
Die Versuchung ist groß, eine Wiederholung dieser Worte zu provozieren. Sie brauchte nur in der entstehenden Pause mit einer Frage einzuhaken. Aber sie ist ein kluges Mädchen. Sie gehört nicht zu denen, die Vernunft nur benutzen, um Glauben zu rechtfertigen. Ihre Vernunft ist zu schwach, um Hoffnungskeime zu töten, aber stark genug, um Unvorsichtigkeiten zu vermeiden. Und deshalb sagt sie: »Das mit der Individualität höre ich von Ihnen zum ersten Mal.«
»Neue Gedanken trauen Sie mir wohl nicht zu?« sagt er; lustig, findet sie. In Wahrheit aber meint er es höhnisch. Aber der Hohn richtet sich nicht gegen Fräulein Hesse; er ist nach innen gerichtet, auf ihn selbst und soll so viel bedeuten wie: Ein bißchen spät, du Spätentwickler!

»So neu ist der Gedanke nun auch wieder nicht«, sagt Fräulein Hesse tapfer.
Seltsam, denkt der Doktor, daß ihm sogar das Schulkind Teo heute näher ist als der Zwanzigjährige, dieser arrogante Musterschüler, der keinen eignen Gedanken gedacht hat, sich aber für fähig hielt, alle Welt zu belehren, der Goethe oder Heine schulterklopfend gute Ansätze bescheinigte und Einstein und Norbert Wiener mit Mißachtung strafte: einer der unerträglichen Menschen, die glauben, fertig zu sein.
»Mit dem besten Gewissen habe ich versucht, ihm Aufrichtigkeit abzugewöhnen. Ich habe gelacht, wenn er immer wieder sagte, so sei es doch nicht gewesen. Ich habe ihm Schamlosigkeit vorgeworfen, anstatt ihn dafür zu loben, habe ihm selbständiges Urteilen übelgenommen, anstatt ihn dazu zu ermutigen.«
Fräulein Hesse hat recht: Overbeck neigt bei diesem Mittagsmahl zu Übertreibungen. Und sie hat wieder recht, wenn sie sagt: »Was wäre das für ein Talent, das sich davon kaputtmachen ließe!«
Teo schlingt inzwischen die Nachspeise hinunter, den Pudding, Pauls größte Leidenschaft nach dem Schreiben, die natürlich auch im Roman ihre Rolle zu spielen hatte. Da gab es mehrere Fest- und Freßmähler mit Puddings aller Sorten, Formen, Farben und Größen, das gewaltigste sofort nach der Rückkehr bei der stets schwangeren Pastorenfrau, die dem Buchhelden ein bißchen die früh verstorbene Mutter ersetzte. Pudding-Völlerei über mehrere Seiten hin! Da wurde unter Teos Rotstiftführung erst eine, dann eine halbe daraus, bis sie schließlich völlig verschwand, weil sie ihre Funktion verloren hatte, nachdem der Vater umfunktioniert worden war. Aus dem beschränkten jungen Mann mit viel Front-, wenig Lebenserfahrung und einem Anti-Pudding-Tick, der mit dem intelligenten Knaben nichts anzufangen wußte, war ein grimmiger Nazi mit Blutorden unter der Matratze geworden, der statt gegen Marmeladenbrötchen und Süßspeisen täglich gegen den Sozialismus ankämpfte.
»Seine Hochachtung vor meinem Wissen war grenzenlos, größer als sein schöpferischer Hochmut, ohne den kein gutes Buch gelingen kann. Und ich habe ihn betrogen!«
Der Twen Teo ist dem gleichnamigen Assistenten so fern und fremd wie ein Eskimo. Es ist leicht, ihn zu analysieren,

ohne Schonung, die Nichtexistierende nicht mehr brauchen. Was hat dieser Mensch damals unter Kunst verstanden, unter Freundschaft, unter gutem Gewissen, diesem schwer durchschaubaren Ding in uns, diesem unbestechlichen Richter, von dem nicht klar ist, in wessen Dienst es steht? Es scheint ein Instrument des Naturrechts und ist vielleicht nur eins der Erziehung und Gewöhnung. Es schlägt im Überzeugungsvegetarier Lärm beim Verzehr tierischer Leichenteile und schweigt im Überzeugungsdenunzianten, der die Existenz des Nachbarn vernichtet. Oder schweigt es nicht, kann sein Radau nur überhört werden, Tage, Jahre, Jahrzehnte bis zu einer Stunde der Wahrheit vor drohender Wiederbegegnung, bis zum Mittagsgespräch mit der perfekten Zuhörerin, die erschreckt wird durch Offenheit, gegen die sie sich durch mehrfache Wiederholung des Wortes Übertreibung wehrt, die erfreut wird durch Offenheit, weil sie ersehnte Intimität schafft, und die immer noch auf Wiederholung einiger Wörter wartet, die nicht direkt kommen, aber doch in Andeutungen und Umschreibungen, als der redselige Festredner die Vermutung äußert, daß die damalige Anwendung seiner Wissensmacht gar nicht ausschließlich der guten Sache gedient hat, sich ihrer, wenn auch vielleicht nur zum geringen Teil nur bedient hat, um andere Motive zu drapieren, daß es sich also vielleicht um eine Form von Machtmißbrauch gehandelt habe, ohne daß einer der drei Beteiligten auch nur eine Winzigkeit davon geahnt hätte.
»Der drei?« fragt Fräulein Hesse, nicht nur um genaues Zuhören zu beweisen, sondern auch um auf ihre Anwesenheit aufmerksam zu machen, was nötig scheint, weil Teo mehr und mehr zu sich selbst redet und für sie natürlich nicht allein der Tatsachenbericht, sondern die Tatsache, daß er ihr (gerade ihr, ihr allein) einen gibt, wichtig ist. Daß es sich bei der dritten Person nur um eine Frau handeln kann, ist klar, wahrscheinlich, daß es sich um seine handelt, die sie übrigens kennt und schätzt, selbstverständlich, weil er es tut.
»Jugendfreundschaften und -lieben enden mit dem Ende der Ungleichheit. Der Schwächere bleibt nur so lange neben dem anderen, bis dessen Stärke sein Wachstum nicht mehr fördert, sondern hemmt.«
Das sagt Teo und macht durch diese Nicht-Antwort deutlich, daß er nicht gewillt ist, sich durch Fragen in die von

Fräulein Hesse gewünschte Gesprächsrichtung steuern zu lassen. Und sie geht mit, beharrt nicht auf ersehnten Intimitäten, zweifelt seine These an, verteidigt feurig die ihre von der Partnerschaft Gleichwertiger, rührend und komisch zugleich: Könnte doch der Blick in den kleinsten Taschenspiegel sie eines Besseren belehren.

Gesunde und kranke Mägen sind gefüllt, Teller und Kompottschalen leer. Teo zieht es zurück zu unfertigem Vortragsmanuskript. Schon spannt er die Beinmuskeln zum Aufstehen, da öffnet die Institutssekretärin die Tür zur Professorenmensa und Fräulein Hesse den Mund zur letzten Frage.

»Besuch für Sie, Herr Overbeck«, sagt die Sekretärin.

»Und die vierte Fassung?« fragt Fräulein Hesse.

»Vielen Dank, ich komme«, sagt Teo, zu der Sekretärin, wie sich denken läßt.

Zu dem gedächtnisstarken Fräulein aber sagt er nicht erwartete Charakterisierungsworte, wie er sie für die drei anderen Fassungen zur Hand hatte, sondern den Satz, den er schon oft gesagt und noch öfter gedacht hat: »Ich hätte den Auftrag nicht annehmen dürfen.«

»Und warum haben Sie ihn angenommen?«

Er hat es eilig, steht schon, wendet sich schon zum Gehen, sagt, über die Schulter zurück nur, daß sich das mit zwei Worten nicht erklären ließe. Aber sie läßt nicht locker, steht auch auf, geht ihm nach und fragt:

»Und Sie werden den Vortrag halten?«

Da zuckt er erst mit den Schultern, sagt aber dann doch noch etwas: »Liebscher meint, es ist meine Pflicht. Und er hat wohl recht damit.«

»Das können allein Sie entscheiden!«

»Sind Sie da so sicher?«

»Ganz sicher.«

10

Erzählte oder geschriebene Lebensläufe haben die Tendenz, sich weniger nach Tatsachen zu richten als nach Hörern und Lesern.

Frank Ungewitter hatte drei davon verfaßt, zwei auf Papier (für Schule und Beruf) und einen (im Kopf) für Mädchen. Ein vierter hatte einen anderen Autor, nämlich die Mutter. Die drei selbstverfaßten waren dazu bestimmt, andere Personen dem Autobiographen geneigt zu machen, der vierte diente nur der Selbstrechtfertigung der Verfasserin. Zur Selbstverständigung oder gar Selbsterkenntnis war keiner nütze.

Die Schule bereitet auf das Leben vor. Da zu dem auch das Schreiben von Lebensläufen gehört, übt sie es. Frank Ungewitter führte die Übung glänzend aus. An einer Person, die am gleichen Tage wie er geboren war, seinen Namen führte und in seinen sozialen und familiären Verhältnissen lebte, schilderte er eine Entwicklung, die von apolitischer Verantwortungslosigkeit zu fester Klassenbewußtheit hinaufführte. Diese mit der Note 1 ausgezeichnete Grundlage wurde dann für den Beruf durch Darstellung des von Kindesbeinen an stark ausgeprägten technischen, insbesondere kraftfahrzeugtechnischen Interesses ergänzt.

Im dritten Lebenslauf, dem für Mädchen, wurde das alles an den Rand verwiesen oder fehlte ganz. Ihm lagen nicht schulische, sondern familiäre Erfahrungen zugrunde. Er schilderte keine politische oder berufliche Entwicklung, sondern eine des Charakters zur Strebsamkeit. Die nämlich war der Mutter höchstes Gut. Der Sohn hielt sie deshalb für das aller weiblichen Wesen. Durch Darstellung seiner Strebsamkeit glaubte er ihnen am besten imponieren zu können.

Der Lebenslauf, den seine Mutter von ihm entworfen hatte, ließ den Entwicklungsgedanken außer acht. Für sie war Frank blaß, kränklich und hilflos auf die Welt gekommen und es geblieben. Nur Körper und Geist waren gewachsen, mit ihnen aber auch die Gefahren, deren größte war, daß er sie verlassen könnte.

Sie hatte doch nur ihn. Er war nämlich ein Ledigenkind, Sohn eines Ingenieurs, der der jungen Arbeiterin Fräulein Ungewitter, als er sie verließ, um seinen Aufstieg (bis zum Technischen Direktor) in seiner Heimat Sachsen fortzusetzen, den noch ungeborenen Frank zurückgelassen hatte, auf den die Mutter nun ihre Doppelliebe (zu Kind und Mann) konzentrieren konnte.

Frank dagegen hatte nur ein Drittel seiner Liebesfähigkeit für sie übrig. Das zweite Drittel vergeudete er, bisher ohne Erfolg, an Mädchen, das dritte und beste aber an einen unbekannten Gott, der erst die Gestalt des abwesenden

Vaters hatte, dann aber gestaltlos Erfolg, Aufstieg, Karriere, Geld, Luxus, Wohlstand hieß, was von ihm im Lebenslauf für Mädchen mit der Muttervokabel Strebsamkeit übersetzt wurde.
Zum Teil hatte die Mutter den für sie schmerzlichen Liebesentzug mitverschuldet. Obwohl sie den (übrigens reichlich und pünktlich zahlenden) Vater ihr Leben lang mit Haß verfolgte, stellte sie ihn dem Sohn unwillentlich als Vorbild hin, indem sie ihn, als beste Rache an dem Treulosen, die sie hatte ersinnen können, mit der Devise aufwachsen ließ: Das können wir auch!, was bedeutete: Der Sohn kann mit ihrer Hilfe auch einen solchen Aufstieg nehmen. Und weil das Symbol des Erfolges ein Auto ist, mußte das Kind den Vater schon deshalb lieben, weil er eins hatte.
Es gab aber auch andere Gründe zur Vaterliebe, die später von Frank nur fälschlich mit denen zur Autoliebe identifiziert wurden. Zu den schönsten Tagen seiner Kindheit gehörten nämlich die Sonntage, an denen ihn die Mutter besonders fein anzog und früh allein auf die Straße schickte, wo der Vater im damals größten und schönsten Wagen, dem heute altmodischen EMW, wartete, um mit ihm Ausflüge in die Umgebung zu machen, während derer nicht nur viel Geld in Gaststätten ausgegeben, sondern auch ungewohnt viel gelacht und gespielt wurde. Denn der Vater gehörte zu den beneidenswerten Naturen, die das Glück, das ihnen anerkannte Arbeitsleistung gewährt, in die Freizeit hinüberretten können. So konnte er dem Kind geben, was es ohne ihn nie kennenlernte: reine zwecklose Freude.
Für Frank stellte sich das anders dar. Wenn das Leben der Mutter nur Ernst und Strebsamkeit, das des Vaters aber Spiel, Spaß, Heiterkeit war, so mußte das wohl mit dem Auto zusammenhängen, das der eine kaufen konnte, die andere aber nicht. Er hing dadurch dem kindlichen, aber durchaus nicht nur bei Kindern vorkommenden Glauben an, daß man Glück kaufen könnte, schloß daraus, daß es vor allem darauf ankäme, viel Geld zu verdienen, lag damit ganz auf der Linie der Mutter – und lernte sie dadurch verachten. Denn sie hatte doch die Hauptaufgabe nicht erfüllt, wartete vielmehr darauf, daß er sie erfüllte.
Natürlich hätte er das Verhältnis, in das er dadurch zur Mutter kam, nie mit dem Begriff Verachtung in Zusammen-

hang gebracht. Verachtung bezeichnete etwas Extremes; sein Verhältnis zur Mutter aber war normal, selbstverständlich, natürlich: das natürliche Verhältnis des Mannes zur Frau.
Um aber auf die drei Lebensläufe zurückzukommen: nichts darin war gelogen, nur die Akzente waren jeweils anders gesetzt und die tieferen Gründe verschwiegen worden. Er hatte sich wirklich politisch entwickelt. Seine Ziele verlangten von ihm, gut in der Schule zu sein. Also war er es, in jeder Hinsicht, auch in politischer. Es gab keinen Grund, nicht der zu werden, der er werden sollte. Er lernte, wie man sein mußte, um Erfolg haben zu können, und wurde so. Da er außer dem einen Interesse keines hatte, gab es nichts, was ihn vom Lernen abhalten konnte. Da sein Denken sich nur am sicheren Faden des Lehrplans fortbewegte, eckte er nirgends an. Da es ihm um anderes als um Wahrheit ging, hielten nie Zweifel sein Fortschreiten auf.
Nicht ganz so glänzend bewährte er sich dann in seinem Beruf. Mit seinen Lernergebnissen war man zufrieden, verlangte aber mehr. Da taten sich immer wieder die Besessenen, die Bastler, Tüftler, Neuerer, Erfinder hervor, die in der Arbeit den Spaß fanden, den er sich erst später vom Lohn der Arbeit kaufen wollte. Die waren immer vor ihm, und da er unfähig war, sie auf ihrem Weg einzuholen, wählte er andere, den Irrweg des Motorsports erst, wo die Energischen und Mutigen vorn waren, und schließlich den zum Volk – zum Volk der Autobesitzer nämlich, das, wenn seine Autos nicht fahren, niemanden höher schätzt als Menschen, wie Ungewitter jetzt einer werden wollte.
Er strich also die Wörter Erfolg und Aufstieg aus seinem Zielvokabular, um sich das, was übrigblieb, das Geld, auf kürzerem Wege als über die Lohntüte zu beschaffen. Nach seiner dreimonatigen Auslandsmontagefahrt, so hatte er geplant, wollte er das Arbeitsverhältnis mit seinem Betrieb kündigen, weil er auf viele lohnunabhängige Fünfzigmarkscheine hoffte, die vorher Leuten gehört hatten, die es mit ihrer Autoreparatur besonders eilig hatten.
Natürlich enttäuschte er damit die Mutter, die an Qualifizierung, Hochschule, Diplom gedacht hatte, und jeder dritte Herzschlag, der ja doch immer für sie schlägt, schmerzt ein bißchen, wenn er sieht, wie sich der stetige Ernst ihres Gesichts jetzt in Bekümmertheit verwandelt. Und manch-

mal, besonders am Morgen, wenn die Mutter von der Nachtschicht kommend, ihn weckt, wünscht er sich, nicht so schnell aufgegeben zu haben, und er hofft dann auf Entscheidungshilfe von dem inneren, noch neutralen Drittel, das noch immer den Mädchen allgemein gehört und doch einem einzelnen gehören sollte, das ihm dann Anstöße zu geben hätte.
In dieser Situation erreicht ihn unerwartet der Anruf Cornelias, eines Mädchens, an das er kaum jemals wieder gedacht hat. Nicht weil sie eindruckslos für ihn gewesen ist, sondern weil sie zu den Mädchen gehört, die er für sich nicht erreichbar hält. So wie ein Jüngling, der einen Filmstar anbetet, nicht darauf hofft, ihn zu seiner Freundin machen zu können, so erwartet Ungewitter kein ernsthaftes Entgegenkommen von Mädchen, die er genial nennt, was normalsprachlich nicht mehr bedeutet als an einer speziellen Sache, einem Fach besonders interessiert.
Er hat die Erfahrung gemacht, daß eine schwer passierbare Grenze diese Mädchen von ihm trennt. Jede Klasse, jedes Lehrjahr wies die Gruppierung in Interessierte (Geniale) und Gleichgültige auf, und er hat immer zu letzteren gehört, die man auch die Bequemen nennen könnte, weil sie es sich und anderen mit sich bequem machen. Inwieweit ihre Haltung bekämpft, geduldet, geachtet, gewünscht oder honoriert wird, hängt wiederum davon ab, ob der Lehrer, Meister oder Funktionär zu dieser oder jener Gruppe gehört. Denn die Zweiteilung des Kollektivs ist nicht identisch mit der in gute und schlechte Schüler oder Lehrlinge. Sie richtet sich weder nach dem Zensurendurchschnitt noch nach Bestleistungen in bestimmten Fächern. Der Experte für Nordpolforschung kann schlechte Noten in Geographie haben. Das Turnas, das bisher unbekannte Barrenübungen erfindet, gehört genauso zu der ersten Gruppe wie der Rechenkünstler, der Fahrpläne aus aller Welt auswendig lernt, um sein Zahlengedächtnis zu üben, der Esperantoenthusiast und der Literaturfan, der versetzungsgefährdet ist, weil heimliche Lyrikproduktion ihm keine Zeit für Schularbeit läßt. Die vielen Einsen auf Ungewitters Zeugnis beeindrucken diese Leute gar nicht. Wenn er sie genial nennt, so sagt er das mit Anführungszeichen. Sie nennen ihn dafür langweilig und Streber.
Mädchen glaubt er es ansehen zu können, wenn sie zur ersten

Gruppe gehören. Die hübschsten sind es meist nicht; auch nicht die hübsch zurechtgemachten. Fast alle Mädchen dieser Sorte sehen aus, als wäre es ihnen gleichgültig, daß sie welche sind. Sie tun, als wären sie auf Männer nicht angewiesen. Kaum wagt man, sie wie Mädchen zu behandeln. Eher behandeln sie einen so, nämlich herablassend. Sie verlangen von einem, das an ihnen zu schätzen, was man für unnütz hält. Zum Glück sind sie in der Minderzahl.
Daß Cornelia zu ihnen gehört, ist ihm klar. Man sieht es an ihrer Art, sich anzuziehen. Sie ist insofern eine Ausnahme von der Regel, als sie schön ist. Aber sie tut nichts, um ihre Schönheit deutlich werden zu lassen. Der Stolz, den er darin zu erkennen glaubt, macht ihn unsicher.
Aber als er hinter der Wohnungstür steht und durch das Guckloch ihr Gesicht betrachtet, weicht seine Unsicherheit sofort, als er ihre entdeckt. Ehe sie den Klingelknopf drückt, zögert sie lange. Sie starrt auf das Namenschild, als müßte sie es mühsam entziffern. Sie bewegt die Lippen, als übe sie, was sie sagen will. Sie ordnet ihr Haar.
Daß die Klingel keinen Laut verursacht, irritiert sie. Er hat sie abgestellt, damit seine Mutter nicht aufwacht. Zweimal noch läßt er sie es versuchen, dann erst öffnet er und führt sie über den winzigen Flur in seine Kammer. Er erklärt ihr sein Flüstern, und sie richtet sich nach ihm.
Da er sich nicht vorstellen kann, daß einem Mädchen wie Cornelia an ihm etwas liegt, hat er die Geschichte vom am Motorsport interessierten Polen geglaubt. Als er merkt, wie verlegen sie ist, glaubt er nicht mehr daran, klammert sich aber an das Thema, weil ihm anderes nicht einfällt. Seinen Lebenslauf muß er noch zurückhalten. Er hofft, daß sie lange bleibt, bis in den Abend hinein, an dem seine Mutter zur Arbeit muß. Am Mittag hat er an sie noch gar nicht gedacht; jetzt ist sie einige Minuten bei ihm, und schon fürchtet er sich vor der Leere, die entstehen wird, wenn sie geht.
Deshalb redet und redet er, erklärt ihr die Organisation des Motorsports, spricht über Technisches, erzählt Erlebnisse.
»Und wie war das mit der Fahrt durch den Fluß?« fragt sie, als er nichts mehr weiß.
Wie schon oft vor Mädchen gibt er sich als begeisterter Sportler, nicht als Talent, beileibe nicht, als einer, der sich mühsam nach vorn arbeitet, strebsam. Aber beim Erzählen

verstärkt sich sein Eindruck, daß er ihr damit keinen machen kann. Sie hört kaum hin, blickt an ihm vorbei auf Bilder, Schränke, Wände, stellt zwar Fragen, manchmal sogar zweimal, aber wenn er antwortet, sehr ausführlich, sehr umständlich, scheint sie an anderes zu denken.
»Und du? Treibst du auch Sport?«
Sie schüttelt den Kopf und läßt sich noch einmal den Fluß beschreiben, den er mit dem Motorrad durchquert haben will. Er deutet mit Händen seine Wassertiefe an, zeichnet seine Krümmungen auf die Tischplatte, stattet ihn mit Schlehenbüschen und Kopfweiden aus.
»Schön muß es dort sein«, sagt sie. Und da es ihr gelingt, für einen Moment sich, ihren Kummer und den Ungewitter ihrer Träume mit hinüberzunehmen in diese Landschaft, kommt in ihre Stimme ein Ton, der ihn froh macht, weil sich durch ihn Gemeinsamkeit andeutet. Er sitzt mit ihr auf dem Frühlingshügel und sieht zum erstenmal nicht nur gute Fahrstrecken und Hindernisse, sondern Schönheiten. Er spürt den Einfluß, den sie auf ihn ausüben kann, genießt im voraus möglichen neuen Blick auf Dinge und Menschen und fühlt dabei Hoffnung auf Wandlung, ohne sie artikulieren zu können.
In der Pause, die entsteht, hören beide auf dem Flur leise Geräusche, Schlurfen, Tapsen, Rascheln.
»Was ist das?« fragt Cornelia erschreckt.
»Meine neugierige Mutter«, sagt er sehr laut und böse, worauf sich die Schritte eilig entfernen. »Besuch ist Ereignis für sie, und Mädchen waren noch nie da.«
»Ich werde gehen«, sagt Cornelia und steht auf.
»Nein, nein, bitte nicht! Du hast noch nicht von dir erzählt. Du gehst noch zur Schule?«
»Ich wollte studieren«, sagt Cornelia und wundert sich, daß sie das ohne Tränenausbrüche sagen kann. Nur ihre Stimme kommt ihr ein bißchen fremd vor, als sie hinzusetzt: »Aber daraus wird nichts, wie ich heute erfuhr.«
»Studieren hätte ich auch können«, sagt er. »Du kannst dir nachher meine Zeugnisse mal ansehen. Aber wozu studieren? Weißt du, was ich jetzt schon verdiene?«
Ihr Kopfschütteln ist so, daß er, der alle ihre Reaktionen mit einer Einfühlungsgabe verfolgt, die er bis zu dieser Stunde noch nicht gehabt hat, nicht nur merkt, daß Prahlerei dieser

Art bei ihr wirkungslos bleibt, sondern sie auch irgendwie enttäuscht. Und er will sofort das Thema wechseln, will zurück zu einer Frage über ihr geplantes Studium, zum Vorschlag, gemeinsam am Sonntag an den Fluß zu fahren, kommt aber nicht mehr dazu, weil seine Mutter hereintritt.
»Du hast Besuch?« fragt sie, gibt sich nicht viel Mühe, Erstaunen zu heucheln, und beginnt sofort, Cornelia auszufragen: Name, Beruf des Vaters, Wohnort, Schulbildung, Alter. Sie mustert sie ohne Zurückhaltung und fragt schamlos, ohne Umschreibungen, wie man ein Kind ausfragt, das sich verlaufen hat.
»Und was wollen Sie werden?«
»Ich wollte Philosophie studieren, aber man läßt mich nicht.«
»Und was sagen Sie dazu, daß Frank seinen Betrieb verlassen will?«
Dazu kann Cornelia nichts sagen, weil der Mensch, der hier vor ihr sitzt, sie nichts mehr angeht und weil sie die Umstände nicht kennt.
Die werden ihr jetzt erklärt. Aber sie hört nicht mehr auf das, was Mutter und Sohn reden, abwechselnd, manchmal auch gleichzeitig, erst zu Cornelia hin, dann als der Streit hitziger wird, nur noch jeder zum anderen.
Cornelia merkt, daß sie hier zwar nicht überflüssig, aber austauschbar ist. Die Gegenwart eines dritten spornt die beiden an, nicht nur zu sagen, was sie über die Sache, sondern auch, was sie über sich denken. Er ist nach Meinung seiner Mutter ein Versager, sie seiner Meinung nach ein Tyrann.
Cornelia hat die Hoffnung aufgegeben, hier zu finden, was sie braucht. Auf Rat oder gar Hilfe hat sie schon seit dem Betreten dieser Wohnung nicht mehr gehofft, höchstens noch auf Verständnis oder wenigstens Anteilnahme. Fragen der Mutter, wie: Philosophie, was ist denn das? oder: Liegt Ihnen denn soviel daran?, hätten schon genügt, das Gefühl verzweifelten Alleinseins von ihr zu nehmen.
»Ich bin kein Kind mehr, Mama!« sagt er.
Die Mutter lacht mitleidig, streicht mit der Hand über sein Haar und sieht dabei Cornelia mit einem Blick an, der sagt: Nun sehen Sie doch selbst, was für ein entsetzlich hilfloser Knabe er ist!

»Wozu brauchst du eigentlich ein Auto?« fragt Cornelia, hat aber damit plötzlich beide gegen sich.
»Sie sind also auch dafür, daß er aufgibt?« fragt die Mutter scharf.
»Ich bin dafür, daß er macht, was er will.«
»Aber er weiß doch nicht, was er will!«
»Koche uns lieber Kaffee«, sagt Ungewitter.
»Ich muß gehen«, sagt Cornelia und läßt sich nicht aufhalten.
»Kommst du mal wieder?« fragt Ungewitter auf der Treppe.
Wieder schüttelt sie den Kopf, kaum merkbar wie mit letzter Kraft.
»Aber das ist doch kein Mädchen für dich!« sagt die Mutter und zieht den widerstrebenden Sohn an sich. »Philosophiestudentin! Und hast du gesehen, wie sie angezogen war? Ohne Schwung, ohne Schick!«

11

Dr. Overbecks Kollegen haben seine Besucherin, die sich nicht vorgestellt hat, in der Bibliothek warten lassen. Als er hinübergehen will, klingelt das Telefon. Irene ruft von einem Ministeriumsvorzimmer aus an. Durch ungewöhnlich sachlichen Ton gibt sie ihm zu verstehen, daß sie nicht allein ist. Wäre er es, würde er fragen: Hört wer zu bei dir? und sich darauf einstellen, vielleicht sogar durch reizvolles Spiel, indem er zum Beispiel fragen würde, ob sie ihn eigentlich noch liebe, worauf sie mit dem trockensten Ja der Welt oder mit einem oberflächlichen Selbstverständlich antworten würde. Er ist es aber nicht und beantwortet deshalb ihre Sachlichkeit mit noch strengerer, was sie nicht gleich als Antwort und Information über seine Lage begreift, sondern für Feindseligkeit hält.
Sie will ihm sagen, daß es noch ungewiß ist, ob sie zur Preisverleihung kommen kann. Das ist auch vor Zuhörern nicht schwer auszudrücken, klingt aber so, als mache es ihr gar nichts aus. Das erschreckt Teo, löscht in einem Bereich seines Gehirns, in dem Verstand nicht herrscht, die Erfahrungen von achtzehn sicheren Liebesjahren aus und läßt ihn als

Antwort nur ein Ja hervorbringen, was wiederum Irene erschreckend erkennen läßt, wie wenig sicher man doch des anderen ist, wie wenig man dem Wissen vertraut, wenn sinnliche Wahrnehmung ihm zu widersprechen scheint.
»Was heißt das?« fragt sie.
»Es tut mir leid«, antwortet er, aber so formelhaft, daß es auch bedeuten könnte: Mir ist es gleich.
»Wirklich?« fragt sie und wird noch unruhiger, als sie zur Antwort erhält: »Mach dir keine Sorgen«, was in diesem Ton auch bedeuten kann: Misch dich nicht ein!
»Vielleicht ist besser, ich fahre nach Hause und bereite alles für den Abend vor«, sagt sie, um Widerspruch zu hören – für seine Ohren aber in einem Ton, der Widerspruch unmöglich macht.
»Vielleicht.«
»Es ist dir also lieber so?«
»Das nicht.«
Sie schweigt so lange, daß es ihm vor seinen Zuhörern peinlich ist und er, als höre er längerer Rede zu, mehrmals ja in die Sprechmuschel sagt.
»Was ist?« fragt sie, jetzt völlig verwirrt.
»Alles gut«, antwortet er.
»Es wird, meinst du.«
»Bestimmt.«
»Schaden wird es nicht?«
»Welche der verschiedenen Möglichkeiten das tun könnten, ist fraglich«, sagt er und hat, obwohl er das Wort schaden vermieden hat, das Gefühl, daß die drei Zuhörer neben ihm doch wissen, worum es in dem Gespräch geht.
»Bitte, denk auch an uns«, sagt Irene noch.
»Natürlich«, antwortet er, legt auf und geht, ohne die Kollegen, die über ihre Arbeit gebeugt sitzen, anzusehen, in die Bibliothek hinüber.
Noch nie hat Cornelia ihren Vater im Institut besucht. Aber noch nie hat sie sich auch so verlassen und unverstanden gefühlt wie in Ungewitters Wohnung. Das Bedürfnis war groß, dem Vater zu beichten.
Inzwischen aber ist einige Zeit vergangen. Sie ist durch bekannte Straßen gelaufen, mit vielen Menschen in der Bahn gefahren, sie hat sich zusammennehmen, sie hat im Institut warten müssen. Niemand hat ihr angesehen, daß sie an einem

Tag ihre beiden größten Enttäuschungen erlebt hat. Einen Menschen ohne Zukunft nennt sie sich selbst und würde weinen darüber, wenn sie allein wäre. Und die Tränen würden nicht nur fließen über die Enttäuschungen selbst, sondern auch über die Grenzüberschreitung, die sie markieren. Auf ihre Kindheit, die sie zum erstenmal glücklich nennt, sieht sie zurück wie auf etwas sehr Fernes. Eine Pfingstwiese fällt ihr ein, in der Mutter sitzt und ihr Kränze flicht, ein erster Ferientag morgens im Bett, ein abendliches Gespräch mit Vater, in dem sie begreift, was Sein ist, Bewußtsein, So-sein, An-sich-sein, Für-sich-sein. Nie mehr wird diese Unbeschwertheit und reine Freude wiederkommen, alles wird durchtränkt sein von Enttäuschungen, von gehabten, von kommenden, von dem Wissen darum zum Beispiel, daß es solche Ungewitters gibt, mit denen Verständigung kaum möglich scheint, von dem Gedanken daran, daß so einer, hätte er es gewollt, vielleicht zum Philosophiestudium zugelassen worden wäre.

Der Schmerz ist groß, aber je mehr sie sich ihm hingibt, desto deutlicher wird, daß auf seinem Grund noch etwas wie Hoffnung glimmt. In einer kleinen Ecke ihres Innern wird sogar schon fühlbar, was sie Befreiung nennen könnte. Auch schlechte Erfahrungen sind welche. Vielleicht mußten sie gemacht werden. Vielleicht sind sie nicht wiederholbar. Sie hat etwas hinter sich gebracht. Ein Abschluß ist erreicht. Die Monate, in denen sie nicht mehr sich selbst gehörte, sind vorbei. Geblieben ist das Entsetzen darüber, daß Gefühle irren können. Das wird sich nicht verlieren, wird sie unsicher machen, skeptisch gegen sich und andere, vorsichtig.

Sie hört ihren Vater nebenan telefonieren. Seine Stimme treibt Tränen aus ihr heraus. Sie versucht sie zu unterdrücken. Sie will nicht bei ihm weinen, sie will mit ihm reden. Mehr als Hilfe erwartet sie Verständnis von ihm. Das ist bei ihm eher zu finden als bei der Mutter, weil auch er hilflos ist.

Die Mutter gehört zu den Menschen, die in sich vollkommen sind und denen diese Vollkommenheit das Recht gibt, in Frieden mit sich selbst zu leben. Die Ruhe und Gewißheit, die sie ausstrahlen, wärmt zwar, macht das eigne Unheil aber nur noch größer, weil man in ihrer Nähe besonders merkt, was einem fehlt. Vater dagegen wirkt oft so, als leide auch er noch an der Krankheit, die man Jugend nennt. Er ist noch für alles

offen, kann von allem verwundet werden. Wenn man ihm beichtet, hat er kaum Ratschläge zur Hand, aber es tröstet, wenn er sagt: Ich weiß, ich verstehe, mir geht es ebenso.
Sie wischt die Tränen ab, will ihm würdig begegnen, versucht, ihr Gesicht ruhig zu stellen. Sie will sich redend von dem Druck im Innern befreien. Aber alles wird anders, als sie es sich vorstellt.
Als er in der Tür steht, und das Erstaunen, sie hier zu sehen, sofort der Sorge um sie weicht, entsinnt sie sich plötzlich seiner und antwortet auf die Frage: »Was ist passiert?« mit der Lüge: »Ich wollte nur hören, ob du fertig geworden bist.«
»Womit?« fragt er noch zurückhaltend, nimmt dann aber sofort ihr Angebot, über sich zu reden, an und schildert ihr kurz und rückhaltlos seine Lage.
Es tröstet sie fast so sehr wie eigne Entäußerung, zu sehen, wie wohl es dem Vater tut, von seinen Sorgen zu sprechen. Nicht nur, weil es sie ablenkt und fremder Kummer den eignen verkleinert, auch weil Vertrauen sie wachsen läßt. Weil der Vater spricht wie zu einem Ebenbürtigen, wird sie dazu.
»Auf keinen Fall darfst du dich entscheiden wie Leute, die an nichts als an Autokauf denken«, sagt sie.
»Kennst du solche Leute?« fragt er lächelnd und sieht sie forschend an.
»Ja«, sagt sie leichthin. »Und ich frage mich seitdem, ob der Satz über das Bewußtsein, das durch das Sein bestimmt wird, nicht auch die Gesetzmäßigkeit des Opportunismus erklärt.«
»Du vergißt die dialektische Wechselwirkung«, sagt der Vater, noch immer lächelnd. »Wenn schon Zitate, dann auch das von der Idee, die zur materiellen Gewalt wird.«
»Jedenfalls fällt es den Leuten, die das Auto schon haben, leichter, Ideale zu haben.«
»Die Leute, die du meinst, haben sie nicht, sie geben vor, sie zu haben.«
»Und du?« fragt die Tochter und erschreckt den Vater damit. »Was wird aus deinen, wenn du redest?«
»Du sprichst nur aus, was ich mich selbst dauernd frage.«
»Und womit antwortest du dir?«
»Mit weiteren Fragen, zum Beispiel mit der, was geschähe, wenn alle Leute sich weigerten, Aufträge auszuführen.«

»Dann hätten wir Anarchie, antwortest du dir und hast ein Alibi, aber ein gefälschtes; denn deine Frage muß lauten: Was geschähe, wenn alle Leute, die es besser wissen, es schlechter machten, weil es bequemer ist, zu gehorchen, als besseres Wissen durchzusetzen?«
»Bleibt noch die Frage zu klären, ob die es wirklich besser wissen.«
»Mancher fragt und fragt, um nicht antworten zu müssen.«
»Fragen sind die Stufen, die zur Wahrheit hinaufführen.«
»Aber du weißt doch genau, daß du Schusters Buch sicherer beurteilen kannst als die, die es hochjubeln wollen!«
»Es gibt auch Pflichten, die man erfüllen muß.«
»Pflichten! Ein Wort, das ich hasse, weil es immer ertönt, wenn Feigheit regiert. Man hat auch Pflichten gegen sich selbst. Übrigens auch Vaterpflichten.«
»Natürlich«, sagt Teo und spürt sofort (mit Erleichterung), daß das Kind dabei ist, von seinem Problemkreis zu ihrem überzuwechseln. Trotz Zeitmangel ist er dazu bereit.
»Wie kommst du darauf?« fragt er, um ihr den Übergang leichter zu machen.
Aber sie kann die Brücke, die er ihr baut, nicht mehr benutzen. Ihre Augen füllen sich langsam mit Tränen. Sie küßt ihn flüchtig und geht.
»Viel Glück also!« sagt sie von der Tür her.
»Was hast du denn, Cornelia?« fragt er.
»Nichts Gutes«, sagt sie. »Aber es hat Zeit bis heute abend.«

12

Den Weg von der Komfortwohnung zur Akademie legen Paul Schuster und Frau im Auto in zehn Minuten zurück. Seine Gedanken bewältigen in dieser Zeit Jahre. Er erinnert sich.
Der Sieger von heute erinnert sich der Niederlagen von gestern. Und er sitzt zu Gericht. Er ist Richter, Staatsanwalt und Zeuge in einer Person.
Er gibt Gas, schaltet, kuppelt, bremst, beachtet Vorfahrten, Ampeln, Zebrastreifen und formuliert die Anklage. Sie lautet: Ihr habt meinen Sieg verzögert!
Irene und Teo zum Beispiel, weil sie ihn in entscheidenden

Tagen im Stich ließen. Als er damals kindischerweise das Erscheinen des eignen Buches verhindert hatte, wäre Teo allein in der Lage gewesen, ihn auf den Weg der Vernunft zurückzubringen. Aber Teo verließ ihn und nahm Irene mit. Sie schickten ihn in die Wüste, allein, ihn, der nicht allein sein kann.

Ihre Gründe dazu hatte Irene später in Briefen Wort werden lassen. Ihr Herz, schrieb sie, von schlechtem Gewissen diktiert, müßte, aus seinem ausgerissen, nun bei Teo neue Wurzeln schlagen, aber der ließe ihm Zeit dazu. Sie hätte nicht anders gekonnt, denn bei ihm, Paul, wäre sie verkümmert. Seinen Launen, seiner Wut, seinem Hochmut ausgesetzt, wäre sie sich beim Waschen, Kochen, Abschreiben eigner Seelenregungen nur noch bewußt geworden in der Erinnerung an die wenigen hellen Tage früher Liebe – und das alles einer Chimäre wegen, als Mittel zu fragwürdigen Zwecken mißbraucht, Opfer eingebildeter Größe.

Nichts kann der Mensch weniger vermissen als Menschen. Und ohne Liebe und Freundschaft kann man nicht mehr leben, wenn man sie einmal erlebt hat. Und die Verzweiflung über eigne Dummheit wird größer, wenn man sie mit sich allein austragen muß. Und Hoffnung kann zwar von dürftigster Nahrung leben, aber Furcht auch. Und oft sieht Hoffnung der Kurzsichtigkeit zum Verwechseln ähnlich.

Er hoffte lange auf Irenes Rückkehr. Sie sollte das Opfer um der Aufgabe willen auf sich nehmen. Der opferte er sich doch auch auf, nein, der hätte er sich aufgeopfert, wenn Irene oder ein anderer gekommen wäre, der das Wort von der eingebildeten Größe durch Tat zurückgenommen hätte.

Aber Irene kam nicht. Niemand kam. Sind deshalb alle angeklagt? Natürlich kümmerte man sich um ihn. War er im Dorf, kam der Fischer, um seine Arbeitskraft zu kaufen, der Bürgermeister, um seinen Amtsnachfolger aus ihm zu machen. War er in Berlin, kam der Kohlenhändler und später eine Schriftstellerverbandsangestellte, die ihn in die Arbeitsgemeinschaft Junger Autoren lockte.

Er arbeitete monatelang als Fischer, wochenlang als Bürgermeister, tageweise als Kohlenträger und besuchte sonnabends die Arbeitsgemeinschaft. Da lernte er nicht schreiben, aber über Geschriebenes zu diskutieren, erfuhr, was gedruckt wird und was nicht und wo man nachlesen kann, wie

Literatur sein soll. Das tat er, akzeptierte, was er verstand, fand aber keine Möglichkeit, eine Verbindung zwischen dem, was er las, und dem, was er schrieb, herzustellen.
Danach schrieb er lange nicht. Im Dorf langweilte er sich. Er haßte es, wenn er da war, und sehnte sich nach ihm aus der Ferne. Berlin haßte er immer. Dessen Größe machte ihn klein. Es weckte Durst nach Anerkennung und Beachtung und stillte ihn nicht. Er suchte ständig nach Gründen für seine literarische Unfruchtbarkeit und fand sie diesmal in seinem geringen Wortschatz. Seitdem quälte ihn, nicht für alles einen Namen zu wissen. Die Millionen Dinge, Lebewesen, Begriffe, die er nicht bezeichnen konnte, umgaben ihn wie eine Drohung. Die Betrachtung eines Automotors, einer Wiese im Juni konnte ihn in Zustände von Wahnsinn treiben. Er sammelte Wörter wie andere Briefmarken, legte Karteien an, ließ sich durch Verweisungen, durch Lexika jagen – und ermüdete schnell, kapitulierte. Er versuchte wieder seine Geisteskeime mit Alkohol zu düngen, aber es sprossen nur blasse, geile Triebe. Er warf sich unter die Pressen nächtlicher Parties, suchte Erlebnisse, Abenteuer in beiden Teilen Berlins, schaufelte mit Jugendbrigaden Wassergräben durch Sumpfland, wurde Rettungsschwimmer, Bademeister und kehrte immer wieder in die Auguststraße zurück, weil er Zeit zum Schreiben brauchte, die er nutzlos verstreichen ließ. Er hatte Erfolge bei Frauen, aber je leichter die zu erringen waren, desto galanter und kälter wurde er. Er sah nur die Alternative: Ruhm oder Irrenanstalt.
Seit seinen Mißerfolgen bedrückte ihn die Gegenwart jedes Menschen, dem er sich nicht überlegen fühlte. Und er fühlte sich keinem überlegen, der mit dem Anspruch, es besser zu wissen als er, an ihn herantrat. Und das taten alle, die sich um ihn kümmerten. Jeder hatte sein Amt und fühlte sich berechtigt und verpflichtet, ihn zu belehren. Deshalb ging er diesen Leuten aus dem Wege und hielt sich nur in Gesellschaft von Menschen auf, die ihn nicht voranbringen konnten. Ihm nötige Anerkennung fand er nur unter Dümmeren. Er hatte zu keinem Vertrauen, und keiner hatte es zu ihm. Wenn er unter klügere, feinere oder nur feiner tuende Leute geriet, wurde er ungeschickt, schüchtern. Er konnte gut erzählen, aber nicht dort, weil er spürte, daß es nicht auf große Geschichten ankam, sondern auf große Namen, die er nicht

kannte. Ironie verstand er nicht, Zynismus machte ihn ratlos. Über Sachen, die ihn begeisterten, konnte er nicht reden, weil er wußte, daß jedes Gegenargument ihn schrecklich verwunden würde. Gutes Essen, das er sehr schätzte, weil er es selten bekam, wurde ihm von guten Witzen der anderen verbittert. Nicht einmal das Glück, die Erfolgreicheren innerlich auslachen zu können, hatte er, da er sie immer erst hinterher lächerlich fand. Er dürstete nach Lob, und da das ausblieb, wurde er bösartig gegen die Besseren. Er versuchte satirische Bücher zu schreiben, aber die wurden so wenig satirisch wie die der Evangelisten. Um seiner Blödigkeit Grund zu geben, redete er sich ein, eitel zu sein – und wurde es wirklich.
Wer ist da anzuklagen? Die Leute, die sich um ihn kümmerten, die ihn belehrten, berieten? Die Besseren, die Erfolgreicheren? Oder soll er seinen Vater neben Teo und Irene auf die Anklagebank setzen, den Vater, der ihm keiner war, den jungen Mann in Feldgrau, jünger als er selbst jetzt, der jährlich zwei Wochen zu Besuch kam und dann unvermutet für immer blieb, die Familie herumkommandierte und eines Morgens die Flucht nach Berlin befahl, wo Paul es nicht lange aushielt? Der ist nicht schuldig im Sinne der Anklage; der hat mit dem, was hier zu verhandeln ist, nichts zu tun. Der ist unverständlicherweise mal der Mann von Pauls Mutter gewesen, aber das Vatersein hat er nie gelernt. Der hatte inzwischen mehrere wirkliche Kinder, schickte manchmal Päckchen, und Paul dankte und kam sich komisch vor, wenn er über den Brief schrieb: »Lieber Vater!« Wenn der damals nicht gegangen wäre, hätte Paul gehen müssen.
Und wie stand es mit dem Angeklagten Preuß? Der hatte Paul, der damals als Traktorist auf einer MTS arbeitete, den ersten Auftrag zu einer Reportage gegeben. Paul schrieb sie an einem Wochenende fertig, versoff am nächsten schon das Honorar, das etwa seinem Monatslohn entsprach, und war am übernächsten in Berlin, um Preuß zur Rede zu stellen. Denn die Reportage war zwar unter seinem Namen erschienen, aber so geschickt gekürzt und bearbeitet, daß aus Kritik Lob, aus Skepsis Optimismus geworden war und seine Kollegen ihn mit Recht Lügner nannten. Der Fahrzeugschlosser, der über Ersatzteilmangel geflucht hatte, sprach in schlichten, aber anständigen Worten über Verbesserungen in der Warenstreuung, der Direktor klagte nicht die Bauwirt-

schaft wegen fehlender Wohnungen, sondern den westdeutschen Imperialismus an. Geblieben waren die Schusterschen Beschreibungen der Arbeitsvorgänge, der Landschaft, der Menschen, für die ihn erst der Chefredakteur kurz und heftig und dann Preuß ausführlich und fachmännisch lobte. Dadurch wurde Pauls Fieber der Empörung zu Wechselfieber, das erst wieder aufflammte, wenn die Lobespille an Wirkung verlor. Er war naiv genug anzunehmen, daß man seinen Berichten nicht glaubte, bemühte sich also um Beweise für die Wahrheit dessen, was er geschrieben hatte. »Zwischen Wirklichkeit und Wahrheit müssen Sie noch unterscheiden lernen«, sagte der Chefredakteur. »Du siehst die Dinge, wie sie sind, uns interessiert aber, wie sie werden«, sagte Preuß. »Sie dürfen dem Feind keine Waffen liefern«, sagte der Chefredakteur. »Den kleinbürgerlichen Ehrgeiz, eigne Urteile zu bilden, solltest du dem Grundsatz opfern, daß Urteilen Sache derer ist, die den größten Überblick haben«, sagte Preuß. »An vorderster Front stehend, darf man sich keine Blöße geben«, sagte der Chefredakteur. »Den Helligkeitswert einer Sache mißt man an der dunklen Vergangenheit, nicht am strahlenden Ideal. Nicht um idealistisches Wahrheitsgewäsch geht es, sondern um Nutzen. Um wessen Nutzen? Um unseren, also auch um deinen!«
Das stimmte. Lob und Geld taten ihre Wirkung. Das Fieber wurde seltener. Um mehr Zeit zum Schreiben zu haben, wurde der Traktorist Kulturhausleiter, Kulturfunktionär, Bibliothekar und schließlich frei arbeitender Journalist. Erst schrieb er nur über das, was er kannte, über Landwirtschaft, Fischerei, später über alles, was gebraucht wurde. Preuß hatte immer weniger zu streichen, zu bearbeiten, da es Paul gelang, zwischen sich als Beobachter und sich als Schreiber ein Sieb zu schieben, das nur Erwünschtes durchließ. Später wurde das Sieb überflüssig, da er für bestimmte Seiten der Wirklichkeit erblindete.
Zuerst fiel ihm das Schreiben noch schwer. In Gedanken formten sich ihm die spannendsten Passagen, die witzigsten Wendungen; leicht wie ein vom Wasser getragener Stein konnte er sie bis an die Oberfläche des Sees seiner Vorstellungen heben; aber wenn er sie gänzlich herausheben, sichtbar aufs Papier bringen wollte, waren sie zu schwer, fehlte ihm die Kraft dazu. Er stellte noch Ansprüche an sich und litt

darunter, sie nicht befriedigen zu können. Er sah ein Ideal und kam nicht heran, kam nur von einem Vorzimmer ins andere. Später, als er merkte, daß sein Durst nach Anerkennung anders leichter zu stillen war, machte er es sich leichter. Er suchte nicht mehr nach Worten, er hatte Schablonen parat, mit deren Hilfe sein Stil sauberer, glatter, flacher und eintöniger wurde. Und mit dem Stil wurden es seine Beobachtungen und Gedanken.

Die Becher der Anerkennung, die er leeren durfte, wurden größer, aber die Fässer, die er sich gewünscht hatte, wurden nicht daraus. Er war klug genug, um zu wissen, daß die schon zu lange benutzten Schablonen schuld daran waren. Aber er war schon zu träge (zu alt, sagte er), um sie auszuwechseln, hatte aber noch genug Energie, um sie anderswo zu verkaufen, beim Film, beim Funk, beim Fernsehen. Er hatte mehr Geld als je zuvor, aber da er mit Leuten umging, die auch viel und mehr hatten und die er nachahmte, brauchte er auch mehr. Das Verlangen nach dem Ruhm eines Bücherschreibers war vergessen wie ein Knopf, der unters Bett gerollt ist. Lohnte es, sich abzuarbeiten, nur damit ein paar tausend Menschen seinen Namen kennen und sich deshalb anmaßen, über ihn zu urteilen? Leichter war es, sich überall sehen zu lassen, immer mitzumachen, jeder Einladung zu folgen, dafür zu sorgen, daß einige wichtige Leute nur Gutes über ihn sagten, und sich von denen fernzuhalten, die in Ungnade gefallen waren.

Damit war sein Verhältnis zu den Menschen in ein drittes Stadium getreten. Im ersten hatten nur Sympathie und Antipathie entschieden. Im zweiten waren alle Leute im Hinblick auf künftige Bücher in interessante und uninteressante Charaktere eingeteilt worden. Jetzt fragte er nur noch nach ihrem Einfluß, den er eventuell für sich nutzen konnte. Unter diesem Gesichtspunkt suchte er auch eine Frau, fand sie aber nicht. Die einflußreichen waren verheiratet, die ehrgeizigen jungen Stachel, die er sich nicht ins Fleisch treiben wollte. Deshalb entschloß er sich für Ulla und bereute es nicht. Mehr, als sie ihm dann bot, hatte er nicht erwartet. Nicht einmal ihr das Maschineschreiben beizubringen, hatte er vorgehabt. Sie war ein Mittel gegen gefürchtete Einsamkeit, sie verwöhnte ihn und ließ ihn in Ruhe. Höhere Ansprüche stellte er nicht. Auch an sich selbst nicht.

Aber die anderen stellten sie an ihn. Preuß zum Beispiel. Der nahm nicht mehr alles, was er ihm anbot. Auch andere Zeitungen fanden Ausreden. Alles, was er wußte und konnte, war verbraucht. Er war leer. Die alten Schablonen paßten nicht mehr. Er schlüpfte beim Funk unter, schrieb Textchen für Unterhaltungssendungen, kurzfristig, in Stunden, auf Anruf hin, alberne Banalitäten, die man beim Abwaschen hört und sofort wieder vergißt.

In dieser Zeit entsann er sich seines Buches wieder, das er damals so leichtsinnig dem Götzen Wahrheit geopfert hatte. Den betete er jetzt nicht mehr an. Da er auch sich selbst nicht so ernst nahm, eignes Erleben mit Abstand sehen konnte und Schreibroutine besaß, gelang es ihm, aus dem alten, veralteten Buch ein neues, aktuelles zu machen.

Es war nicht schlecht, das wußte er. Aber daß es preisgekrönt werden sollte, überraschte ihn – und stachelte ihn an. Als er die Nachricht bekam, war er erfreut und beschämt zugleich. Der Preis macht ihm bewußt, wie leicht er es sich gemacht hatte. Er würde den Verleihern zeigen, daß er mehr konnte.

Hier kommt er, fährt vor, bremst, steigt aus. Zu früh. Er spaziert, die Frau am Arm, noch durch Parkanlagen, sitzt auf der Bank, raucht, hat die Anklageerhebung nicht vergessen, aber vertagt. Vielleicht schlägt er sie ganz nieder. Nicht aus Großmut – aus Vorsicht. Sie könnte leicht zur Selbstanklage werden.

13

»Jetzt noch die Schuhe!« sagt Teo Overbeck, schlüpft aus dem Alltagsschuh und angelt mit bestrumpftem Fuß am Boden des im halbdunklen Institutskorridor stehenden Schranks nach dem Sonntagsschuh, während er eine Entscheidung über den Anfang der Laudatio zu fällen versucht, über den Redeanfang, die Anrede, die, aller Regelbildung feudaler und halbfeudaler Zeiten ledig, dem Fluch der Freiheit ausgesetzt ist, die Qual der Wahl bringt, den Redner allein läßt mit seiner Erfahrung, die in Teos Fall gering genug ist. Ist hier das steife »Sehr geehrte ...« angebracht, das herzliche »Liebe ...« oder das neutralere »Werte ...«, das für

Teo kaum in Frage kommt, da er es sich immer mit th geschrieben vorstellt und es für ihn die Verbindung mit Allerwertester (gleich: Hinterteil, Gesäß) nie verliert. Kann von »Genossinnen und Genossen« die Rede sein, wenn auch Parteilose und Mitglieder anderer Parteien unter den Preisverleihungsinteressierten sind? Klingt das umfassendere »Kolleginnen und Kollegen!« nicht zu berufsgebunden, zu gewerkschaftlich, und trifft es sein Verhältnis zum Akademiepräsidenten oder zum vielleicht anwesenden Ministerstellvertreter? Noch weniger berechtigt ist er wohl, letztere einfach »Freunde!« zu nennen, eine Anrede, die, der Unlogik des Sprachempfindens folgend, die feminine Variante ausschließt. (»Liebe Freundinnen!« hörte sich an, als habe er eine Plenartagung aller vergangenen und gegenwärtigen Liebschaften einberufen, was einen menschenleeren Saal zur Folge hätte; denn die eine, Irene, kommt ja nicht.) Bleibt das gutbürgerliche »Damen und Herren!«, das auf jeden Fall am Platze ist, wenn Ausländer da sein sollten, das geschlechtsneutrale »Gäste!«, das nur die Angehörigen des Hauses nicht trifft, und als Allgemeinstes, Unkonkretestes, Farb- und Einfallslosestes das »Anwesende!«, aus dem niemand sich ausschließen kann.
»Jetzt die Krawatte!«
Teo spricht immer mit sich selbst, wenn er gezwungen ist, auf zwei Ebenen gleichzeitig zu leben: neben der gewohnten Denk- auch auf der Tatebene, die anstelle der fehlenden Gedankenstützen Befehle braucht, Kommandos, die Hände zwingen, Kragen und Hosenknöpfe zu schließen, Schuhband zu binden, Schlips zu knoten, während das Gehirn versucht, das, was gesagt werden soll, in drei, vier Sätze zu fassen. Denn er weiß, wie katastrophal sich Konzentrationsmangel bei Rednern auswirken kann. Die innere Leere versuchen sie mit Wortfluten zu füllen, die Strudel bilden, steigen, fallen, Gischt zum Himmel spritzen oder träge Kreise drehen, oft Gemahlenes wieder mahlen, oft Gekäutes wiederkäuen.
»Jetzt das Jackett!«
Das schwarze, wichtiger Bestandteil von Teos selbstgesetzter Kleiderordnung, die er streng befolgt. Sie unterteilt sich in die Abschnitte Haus-, Arbeits-, Feierbekleidung, zu denen je ein Anzug gehört, je zwei Hemden, je zwei Krawatten. Die Anzüge sind bis auf den einen schwarzen grau, die Hemden

weiß, die Krawatten nur für ihn voneinander zu unterscheiden. Mit der Absicht, so unauffällig wie möglich auszusehen, hat er sich früh an diese Bekleidung gewöhnt und ist nicht mehr gewillt, Kräfte für eine Umgewöhnung zu opfern. Modische Revolutionsversuche der Ehefrau sind an freundlicher Ablehnung gescheitert; längst hat Irene sich daran gewöhnt, daß allen Schwierigkeiten zum Trotz nur gekauft werden darf, was dem Abgelegten so ähnlich wie möglich ist. Die Anzüge sind für ihn geschneidert, nur in ihnen fühlt er sich angezogen, nur in ihnen kann er sich unter Menschen bewegen, nur sie geben ihm die äußere Sicherheit, die er so nötig braucht. Wenn er von der Universität nach Hause kommt, wechselt er den korrekten Arbeitsanzug gegen den nicht minder korrekten Hausanzug; wenn Feierlichkeiten zu bestehen sind, steigt er um in den schwarzen, der mit den passenden Schuhen zusammen meist im Institut aufbewahrt wird.

»Taschentuch? Ausweis? Portemonnaie? Kamm?«

Seine Hand tastet die betreffenden Stellen ab: die rechte Hosentasche, die linke Brusttasche, die rechte Gesäßtasche, die rechte Brusttasche.

»Jetzt die Rasur!«

Sie wird am Schreibtisch erledigt, elektrisch, unter Benutzung eines Hohlspiegels, der ihm nur seine Kinnpartie zeigt, glücklicherweise; denn beim Rasieren machen auch die klügsten Männer die dümmsten Gesichter. Und nichts kann er jetzt weniger brauchen als den Anblick eines dummen Gesichts, dem eine halbfreie Rede nicht zuzutrauen ist. Und nichts braucht er jetzt mehr als Zutrauen zu sich selbst, das schwer zu erzeugen ist, wenn man sich genau kennt mitsamt seinen Schwächen, die nur zu überwinden sind durch Selbstvertrauen, das man aber (unseliger Kreislauf) nicht hat, weil die Schwächen zu genau bekannt sind.

Teo Overbeck gehört nicht zu den Genialen, sondern zu den Tüchtigen. Alles, was er ist und kann, ist und kann er durch Fleiß und Hartnäckigkeit. In ihm ist nichts, als was er durch mühsame Kleinarbeit hineingebracht hat. Ihm fliegt nichts zu, er muß es sich holen. Nichts sprudelt aus ihm heraus, träge fließen dünne Rinnsale. Ein schwerer Trott ist seine Vorwärtsbewegung, die nur durch strenge Kräfteregulierung nicht ins Stocken gerät. Deshalb ist Ordnung das halbe

Leben für ihn, Redlichkeit die andere Hälfte. Die schützt ihn davor, mehr scheinen zu wollen, als er ist. Er ist das Gegenteil eines Blenders. Das macht ihm öffentliches Auftreten so schwer.

Vor Jahren einmal, im Bett nach heftigen Umarmungen, wenn man gelöster als sonst über sich selbst reden kann, weil das Zusammengehörigkeitserlebnis noch frisch, der Persönlichkeitspanzer noch nicht wieder erhärtet ist, hat er Irene erzählt von seiner Unfähigkeit zum öffentlichen Reden, zu dem er sich früh verpflichtet gefühlt hatte. Es hatte ihm dabei nicht etwa an Gedanken gefehlt, auch nicht an Worten. In seinem Zimmer allein, zur Marx-Büste auf dem Schreibtisch, zu van Goghs Postboten an der Wand hatte er fließend, verständlich, lebhaft, ja mitreißend reden können. Selbst im Traum sprach er manchmal, in großen Sälen, unter freiem Himmel, von Pulten, von Tribünen herab und wußte beim Aufwachen noch genau, wie feurig und logisch er gewesen war. Aber saßen nur mehr als sechs Menschen vor ihm und sahen ihn an, war das alles vorbei: die Gedanken, die Worte, die Logik, das Feuer, und es nutzte ihm nicht, daß er mehr wußte als seine Zuhörer, daß es seine Pflicht war, zu ihnen zu reden, daß sie ihn hören wollten: Er brachte nicht mehr heraus, als er vorher notiert hatte.

Aber er fand sich nicht damit ab. Immer wieder und wieder versuchte er, die Angst zu überwinden, im Jugendverband erst, dann in der Universität, bis es gelang: Ein wasserscheuer Nichtschwimmer hat es durch energisches Training zum Olympiasieger im Freistilschwimmen gebracht oder besser: zum Bezirksmeister, denn ein großartiger Redner ist er trotz täglicher Übung nicht geworden, und die Anfängerängste sind immer wieder in aller Stärke da, wenn die Umgebung oder die Zuhörerschaft wechselt.

»Jetzt der Mantel! Und los!«

Während Hände und Füße gehorchen, versucht der Kopf Angstvorstellungen von Zuhörergesichtern loszuwerden und Gedanken über den Aufbau des Referats zu gewinnen, der von klassischer Primitivität (erstens der Autor, zweitens der Inhalt, drittens das Urteil) sein könnte, wenn seine zeitraubende Vorarbeit nicht das Thema: der autobiographische Kern künstlerischer Literatur, ins Zentrum gerückt hätte, um das sich alles zum Anlaß Notwendige herumranken sollte, was nicht nur (aus dem ehrgeizigen Wunsch, dem Hörer Neues zu bieten) hochgegriffen, sondern auch ein Ausweg gewesen wäre, ein Ausweg aus dem Labyrinth der Halbwahrheiten, das entsteht, wenn Urteile ausgesprochen werden müssen, die nicht die eignen sind. An Hand eines Buches über ein Thema redend, hätte die Frage nach dem Buch nicht gestellt zu werden brauchen.

»Auf Wiedersehen!«

Das sagt er zur Institutssekretärin und zu den Assistenten, die alle viel jünger sind als er. Er sagt es freundlich wie immer, gefaßt wie immer, korrekt wie immer in seinem Verhalten zu anderen, die von seinen Sorgen kaum etwas spüren. Ungewollte Scheu hindert ihn, mit Schmerz und Kummer zu prahlen. Prahlen kann er überhaupt nicht. Oft hält er vor Kollegen sein größeres Wissen zurück, weil er fürchtet, sie könnten sich bloßgestellt vorkommen. Wenn Klappern, wie das Sprichwort sagt, zum Handwerk gehört, versteht er seins schlecht.

Sonst ist es ein netter Mensch, der da um halb vier die Straße betritt, um die Akademie zu Fuß zu erreichen. Nie hat er jemanden gequält, keinem Böses gewünscht, nie intrigiert. Er hat keine weibliche Würde beschädigt und von der eignen nur das Notwendigste verkauft, keine Schulden gemacht, keinen umgebracht, nichts gestohlen. Er liebt sein Kind (denn es ist seins, obwohl er es nicht gezeugt hat), seine Frau, sein Land, raucht, trinkt, und das alles in Maßen: ein durchschnittlicher Mensch also mit Mängeln und Vorzügen, einem großen, dem Fleiß, und noch einem, der Ehrlichkeit.

Und pünktlich ist er auch. Zehn Minuten vor vier öffnet er das schwere Akademieportal, grüßt den Pförtner, bekommt ein flüchtiges Kopfnicken zurück, geht die teppichbelegten Stufen lautlos hinauf und macht auf der vorletzten eine Entdeckung, die so entsetzlich ist, daß sie alle grauen Gedanken an Feier und Referat einschwärzt und ineinander fließen läßt zu einem gräßlichen Unglückstintenpfuhl.

Während er nämlich die Treppe hinaufgeht, ist ihm plötzlich so, als ob an seinem linken Fuß etwas nicht in Ordnung ist, als ob da der Schuh loser sitzt als am rechten. Bis zur Treppenmitte achtet er darauf, ob der Verdacht sich bestätigt, wirft einen Blick nach oben, auf den Treppenabsatz, der die Ausdehnung eines mittleren Saales hat, und als er diesen,

soweit er ihn überblicken kann, menschenleer findet, entschließt er sich, auf der vorletzten Stufe nachzusehen, ob der Schnürsenkel sich gelockert oder gelöst hat, so daß Gefahr besteht, mit dem anderen Fuß darauf zu treten und zu stolpern, benutzt die oberste Stufe als Stütze, bückt sich und sieht, daß Stolpergefahr nicht besteht, weil nämlich kein Senkel da ist, der sich gelockert haben könnte, weil nämlich am linken Fuß noch der Arbeits- oder Universitätsschuh sitzt, der kein Schnürband hat, weil er nämlich ein Slipper oder Schlüpfer ist mit gummiunterlegter, festsitzender Lasche statt der Bindevorrichtung, was ihn deutlich unterscheidet vom rechten Schuh, dem Feierlichkeitsschuh, der ein Schnürschuh ist.
Zum Glück sind beide schwarz.
Was jetzt geschieht, geht schneller, als man es lesen kann, weil es nämlich gleichzeitig geschieht.
Unten öffnet der Pförtner die Tür aus Glas und Eisen, nicht für die Gruppe buntgekleideter Studentinnen und Studenten, die ehrerbietig zur Seite treten, sondern für zwei schwarzgekleidete Herren, die aus großen schwarzen Autos steigen und würdigen Schrittes auf die Treppe zugehen.
Oben tritt ein Herr hinter dem Treppenpfeiler hervor, lächelt Teo erkennend zu und streckt die Hand zur Begrüßung aus.
In der Mitte denkt Teo: Den Schuhladen in der Chausseestraße könnte ich in fünf Minuten erreichen, erfaßt aber während dieses Gedankens schon die Hand des Mannes, von dem er weiß, daß er ihn kennt, aber nicht, wer er ist.
»Sei gegrüßt, Teo«, sagt der Mann. »Ich freue mich!«, faßt Teo freundschaftlich am Arm und führt ihn, ohne zu sagen, worüber er sich freut, die nächste Treppe hinauf, wobei er erklärt, daß die Leitung ihn erwarte.
Teo hat das Gefühl, etwas sagen zu müssen, und da sein Begleiter kleiner ist als er und deshalb nicht Paul Schuster sein kann, fragt er, ob dieser schon da sei, was verneint wird.
Im ersten Stock stolpert Teo, fällt aber nicht, weil sein unbekannter Bekannter, der dabei unglücklicherweise nach unten sieht, ihn hält. Er sieht aber nicht auf Teos Schuhe, sondern auf das Kabel, das die Rundfunkleute gelegt haben, die von der Saaltür her auf Teo zustürzen, um sich nach der Dauer seiner Rede zu erkundigen.

»Zwanzig Minuten«, sagt er so sicher, als wüßte er das.
Er geht auf den Saal zu, wird aber in eine andere Richtung gesteuert, den Flur entlang bis vor eine hohe Tür, die sich, der Stille des Hauses anpassend, lautlos öffnet und zwischen ihm und seinem Begleiter schließt.
Er braucht sich nicht vorzustellen. Man kennt ihn und hält sich selbst für bekannt genug, lädt ihn zum Sitzen ein in den großen, freistehenden Sessel, den er ausschlägt, sich aber dann doch setzt, auf einen Stuhl, an den Konferenztisch, der wie die ganze Einrichtung durch Größe imponiert.
Er sagt »Ja« auf die Frage nach Kognak, »Ja« auf die nach einer Zigarette, »Zwanzig Minuten« auf die nach der Rededauer, schiebt mit aller Energie, über die er verfügt, inwendig das Schuhproblem beiseite, trinkt den Qualitätskognak, den er sonst nicht leiden kann, und sagt ruhig: »Es ist schwer, dieses Buch zu loben«, was eine Einleitung ist, aber eine mißratene, denn man hält sie für einen der üblichen Zynismen, mit denen man Spannungen abzureagieren sucht, und lächelt verständnisvoll.
»Ich meine, daß es mir nicht möglich ist, dieses Buch zu loben«, sagt er mit dem Ernst eines Spielverderbers, ohne noch zu wissen, zu welchem Hauptteil und Schluß diese Einleitung eigentlich führen soll. Auch zu wem er spricht, weiß er nicht, da die drei Männer jenseits des Tisches weder durch Aussehen noch durch Verhalten eine Rangordnung erkennen lassen. Ihre Gesichter, von denen auch jetzt das Lächeln nicht schwindet, nur unsicherer wird, setzen ihn in Verlegenheit, nicht, weil sie ihn beeindrucken, sondern weil sie es nicht tun.
»Kognak hilft gegen Lampenfieber«, sagt einer und schenkt wieder ein.
Und Teo trinkt und sagt auch hier noch seinen immer sinnloser werdenden Satz: »Ich hätte den Auftrag nicht annehmen dürfen.« Aber keiner der Anwesenden hört noch hin, da in dem Moment, in dem er zu reden beginnt, die Tür sich öffnet und der schon bekannte Empfangsherr nach einer Dame einen Mann hereinschiebt, den Teo sofort als Paul Schuster erkennt.
Und seltsam: Während seit langem nichts die Kraft hatte, um Teo von der Hauptsorge des Tages abzulenken, die Begegnung mit dem eigentlichen Verursacher seiner Leiden hat sie.

Als er Paul erkennt, fällt ihm nicht dessen Buch ein oder das Referat, das er in wenigen Minuten zu halten hat, sondern das Gesicht seiner Tochter, das mit dem fettbäckigen seines Jugendfreundes so gar keine Ähnlichkeit hat.
Wie gut wir daran taten, denkt er, und meint Irene und sich damit, die biologischen Tatsachen durch Aussprachen nie zu einem Problem werden zu lassen.

14

»Aufschluß über ... den Zusammenhang dieser Einzel ... phänomene finden wir im ... Auto ...«
Wirklich? In wessen Auto? Fragen sich die Spaßvögel unter den Zuhörern und verschieben die Mundwinkel weiter nach oben und außen, während die Sensiblen, von Peinlichkeitsgefühlen gekrümmt, zu Boden starren, und die Grausamen, den Redner scharf beobachtend, die Schweigesekunden zählen, die man als Pausen schlecht bezeichnen kann, da sie ausgefüllt sind von Bewegungen der Arme, der Hände, des Kopfes und vor allem der Augen, die ständig den Tisch mit Manuskript suchen und, kaum gefunden, fliehen, um irgendwo über den Köpfen der Zuschauer Halt zu finden, an Wänden und Decke, an Fensterbogen und Sims, als wäre zu erwarten, daß da oder dort der nächste Satz, die nächste Silbe aufleuchtete und Rettung brächte, Redner und Zuhörer vom Bann der Stille erlöste, Spannung beseitigte, Grinsen beendete. Aber es leuchtet keine Schrift auf, nur die Blitzlichter der Fotografen und die Scheinwerfer der Fernsehleute, und das nächste Wort »... biographischen« kommt doch, laut, deutlich, in normalem Ton, ohne Spuren von Erleichterungsseufzer oder Triumphgefühl, und die Arme kommen zur Ruhe, und die Journalisten können wieder etwas in ihre Blocks schreiben, die voll werden und am Abend dazu dienen, eine Drei-Zeilen-Meldung für die Morgenausgabe zu destillieren.
»Jeder Autor beutet sein Ich literarisch aus – sein Rang aber bestimmt sich unter anderem dadurch, wieviel auszubeuten da ist.«
Teo Overbeck redet (nie so fließend, wie es sich hier liest) als zweiter nach dem Chef des Hauses. Der Ministerstellver-

treter hat die kürzeste Art, nichts zu sagen, gewählt, nämlich geschwiegen. Das Quartett hat gegeigt, sitzt jetzt da, dem Redner gefährlich nahe, und heuchelt Interesse, das bei Fotografen und Kameramännern schon versiegt ist; man sieht ihnen den Ärger an, den die Programmfolge ihnen bereitet: Hätte der Verleihungsakt vor der Rede gelegen, könnten sie jetzt schon zu Hause sein.
Sie bilden die kleinste der deutlich unterscheidbaren Publikumsgruppen; durch Arbeitskleidung und unbekümmerte Haltungslosigkeit wirken sie, sobald sie Ruhe geben, deplaciert auf den vorderen Eckplätzen, in Ausgangsnähe, direkt neben der schwarzen Anzugreihe der Prominenz, die das Surren und Klicken der Apparate scheinbar nicht beachtet hat und mit ernster Würde der Overbeckschen Laudatio folgt.
Unter der Mittelgruppe der nichtprominenten, aber vorwiegend nach Etikette gekleideten Besucher sitzen die meisten Frauen und die meisten Literaturinteressierten. Hier wird gegrinst, kopfnickend zugestimmt, verstohlen geflüstert und manchmal drohenden Blicks nach hinten gesehen, wo von den letzten Reihen aus die Studenten Unruhe verbreiten.
»Wie der geschickte Lügner, wird der autobiographisch orientierte Autor so viele Selbsterinnerungssäulen stehen lassen, wie zum Halt des Phantasiegebäudes erforderlich sind.«
Erst auf dem Drei-Meter-Weg vom Prominentenplatz zum Stehplatz des Redners hat Teo Entschlüsse gefaßt. Er hat sich vorgenommen, die Vorarbeiten über das Autobiographische zwar zu nutzen, aber nur als Einleitung zu klarem Urteil über Pauls Buch; und er hat sich entschlossen, dabei Kopf, Hände und Augen, nicht aber Füße zu Hilfe zu nehmen. Das erste wird ihm diktiert von seinem Gewissen, das zweite von seinen Schuhen.
Denn die Gestalt des Redners ist nicht, wie er gehofft hat, bis in Brusthöhe verdeckt von geschlossenem Pult, sondern steht hinter einem Tisch mit schlanken Beinen, der die seinen den Blicken preisgibt – wenn diese nicht abgelenkt werden durch Gebärden, die er sich aber ausdenken muß wie die Sätze, die oft lang, aber zu eigner Verwunderung immer vollständig und grammatikalisch einwandfrei werden.
»Die spezielle, erlebte, konkrete Wirklichkeit also darf nur

die Freundin des Autors sein; zu seiner Ehefrau aber, die dazwischenreden, Erlaubnis erteilen, Verbote schaffen darf, muß er die Wahrheit machen.«
Er sieht den Zuhörern nie ins Gesicht, blickt über sie hinweg, merkt aber doch, wie manche Sätze ankommen, wie die nervöse Unruhe im Saal manchmal zu wohlwollender wird, arbeitet sich über Füllsel hinweg zum nächsten Satz dieser Art durch, muß nebenbei aber auch neue Gebärden ausdenken (beide Hände in den Hosentaschen bergen, sie plötzlich heraus- und vorschnellen lassen, ein noch fehlendes Wort vorläufig durch drohendes Schütteln des Zeigefingers ersetzen), sich dabei aber weitertasten an der Schnur der Erinnerung bis zu dem Knoten, an dem der andere Strang abzweigt, der Hauptstrang, der ihn zu Pauls Buch führt.
»Wirken kann ein Buch nur durch vollständige Aufrichtigkeit; denn nur wenn der Autor sich mit seinem Werk identifiziert, kann der Leser dessen Gedanken und Gefühle zu eigenen machen.«
An einem Satz wie diesem fühlt er den Knoten schon, kann aber den neuen Strang nicht finden, muß also weiter geradeaus in die Unendlichkeit einer Einleitung, die den Charakter einer solchen schon lange verloren hat. Aber sie zu verlassen, ist er nicht fähig, obwohl er hört, wie die Unruhe wächst, die übrigens nicht von Paul ausgeht. Dessen glattes Gesicht hat er schon längst zu fürchten verlernt.
Von hinten, von oben, von den Studenten her kommt der Lärm, das Husten, das Knarren der Sitze, das kaum noch gedämpfte Reden, das leise Schurren der Füße, das man noch als unbeabsichtigt auffassen kann.
Er muß zur Sache kommen. Er schlägt mit der Faust auf den Tisch, aber auch das gibt den Knoten nicht in die Hand. Er greift nach dem Wasserglas, trinkt, stellt es heftig auf die Platte zurück, ohne es loszulassen. Er erinnert sich, daß er mit dem Satz über die Aufrichtigkeit des Autors schon nahe daran war; er muß es noch einmal versuchen, versucht es durch die Umbenennung des Begriffs Aufrichtigkeit in Ohne-Scham-Sein, was in gewisser Weise auch Schamlosigkeit bedeutet, den Mut zum Ausleben exhibitionistischer Neigungen – und erschrickt: über den eigenen Gedanken, den er noch nie vorher gedacht hat, der ihm unsicher scheint, falsch, unverzeihlich, den er zurücknehmen muß schon im

Interesse all der unangenehmen Wahrheiten, die er nachher noch über das Buch sagen wird. Aber zur Rücknahme sind neue Umwege erforderlich, die zu Irrungen werden. Er durchwandert sie mit gebärdenreichen Pausen, bis ein Schreck ihn lähmt: ein Lachen, ein lautes, unverschämtes, grausames Lachen.

Die Schuhe.

Zum erstenmal sieht er ins Publikum, in höhnische und belustigte Studentengesichter, in die gelangweilten der Fotografen, begegnet mitleidigen Blicken. Auch die Prominenz hat an Würde verloren: Stirnrunzeln, Ärger, Flüstern hinter vorgehaltener Hand. Aber kein Blick nach unten, auf seine Füße! Was hat er eben gesagt? Shakespeare? Wie kommt er auf Shakespeare? Wie soll er von ihm zurück zur Gegenwart und von dort zu Paul Schuster?

»Wenn auch bei Shakespeares Auto ...«

Die Pause wird durch Lachen gefüllt. Das Füßescharren wird lauter. Darüber liegt leises Zischen unbekannter Herkunft. Es kommt aus der Luft, strömt aus den Wänden, senkt sich von der Decke herab. Der Chef des Hauses hebt die Hand, um auf sich aufmerksam zu machen, zeigt, als er bemerkt wird, auf die Armbanduhr. Der Redner redet weiter, sieht dabei auf seine; er redet schon fast eine Stunde, spürt, wie das Blut ihm in den Kopf steigt, weiß, daß es jetzt nicht mehr darauf ankommt, zur Sache, sondern nur noch zum Ende zu finden, weiß auch, daß die Wunde schmachvoller Erniedrigung in ihm niemals heilen wird, redet aber weiter in den anwachsenden Lärm hinein, sucht gar nicht mehr nach einem inhaltlichen Abschluß seiner Erörterungen, sucht nur noch den Punkt, an dem er die Stimme abschließend sinken lassen kann, findet ihn aber nicht, starrt in die Gesichter der Leute, die alle, alle seine Feinde sind, bleibt an Pauls Gesicht hängen, das keine Schadenfreude, nur Mitleid zeigt, redet, redet, wiederholt sich – und schweigt plötzlich, bricht mitten im Satz ab und starrt wie alle jetzt schweigenden Leute zur Tür.

Die hat sich leise, von ihm und allen Zuhörern unbemerkt, geöffnet und ist mit lautem Krach wieder ins Schloß gefallen. Vor ihr aber, reizender denn je zuvor anzusehen, steht Irene und sieht sehr jung aus unter ihrem neuen Hut.

»Verzeihung«, sagt sie in die Stille hinein und lächelt zu

ihrem Mann hinauf, kein bißchen verlegen, sondern so wie einer, der ein Recht hat, zu spät zu kommen, und um Verzeihung eigentlich nicht zu bitten braucht.
Die Hutkrempe wippt bei jedem Schritt, als sie auf die erste Stuhlreihe zugeht. Liebscher erhebt sich, begrüßt sie, stellt sie flüsternd dem Chef des Hauses vor, und sie setzt sich und nickt ihrem Mann zu, als wollte sie sagen: So, mein Lieber, nun kann es weitergehen!
Und es geht weiter. Nicht so, wie Teo es sich viel zu spät vorgenommen hat, aber es geht. Ein Wunder hat Irene an ihm nicht vollbracht, aber sie hat ihm die Möglichkeit eines neuen Anfangs gegeben. Den Bogen, den er vom Allgemeinen zum Besonderen hat schlagen wollen, findet er auch jetzt nicht. Er findet nur einen Schluß. Und den redet er klar, unverkrampft, gestenlos vor aufmerksamen Zuhörern, die dann sogar artig schwachen Beifall spenden.
Als der Chef des Hauses, die rotlederne Mappe mit der Verleihungsurkunde im Arm, nach vorn tritt und etwas sagt über hochinteressante Ausführungen, deren Problemreichtum einen Literaturenthusiasten leicht dazu bringen könnte, des Zeitplans nicht zu achten, überwindet Teo hastig die langen drei Meter, die ihn vom Platz in der Vorderreihe trennen. Er denkt noch daran, die Füße soweit wie möglich nach hinten zu schieben, Irene eine Begrüßung zuzuflüstern. Dann versinkt er in einen Zustand geistiger Ermattung, in dem ihm nur noch der eigne Herzschlag wahrnehmbar bleibt.

15

Nachdem die Masse der Zuschauer das Haus verlassen hat, versammeln sich Prominente und Mitwirkende zu einer internen Feier in den Räumen des Chefs. Der Empfangsherr, den Teo beim besten Willen nicht wiedererkennen kann, hat die Betroffenen diskret dazu eingeladen und diese Nachfeier dabei Umtrunk im kleinen Kreis genannt. Der kleine Kreis besteht aus fünfunddreißig Männern und, wenn man die servierenden Sekretärinnen nicht zählt, zwei Frauen, der Umtrunk aus Sekt und abschließendem Mokka, der nicht genannte Imbiß aus viel Wurst, Fleisch, Ei, Käse und wenig Brot. Am Genuß dieser Dinge werden die Alten und Mittel-

alten dadurch gehindert, daß sie stehen und schwatzen müssen. Die Uralten, denen ein paar Sessel zur Verfügung stehen, müssen sich solche Genüsse sowieso versagen.
Zu ihnen hinüber schweift Paul Schusters Blick, während er mit Ulla, Irene, Teo und Liebscher zusammensteht. Er fühlt sich selbstverständlich als Mittelpunkt der Feier, muß aber feststellen, daß niemand mit ihm fühlt. Mit dem offiziellen Teil hat man das Soll an Anerkennung erfüllt, zu mehr fühlt sich niemand verpflichtet.
Pauls erste an Irene gerichteten Worte sind ein Kompliment, das ehrlich gemeint ist, sie aber wenig berührt. An Teos Wärme gewöhnt, muß sie Pauls Glätte als kalt empfinden. Sie versucht Ulla Schuster in ein Gespräch zu ziehen und scheitert. Aber ja doch! Aber nein doch! antwortet die Frau, und wenn Irene so fragt, daß sie gezwungen wäre, in ganzen Sätzen zu antworten, nimmt Paul ihr das ab. Wenn Pausen eintreten, rettet Liebscher die Situation durch Witze.
Pauls erste an Teo gerichteten Worte sind: »Mach dir nichts draus!« und werden in einem Ton gesagt, der auf den Zusatz: Alter Knabe, olles Haus! oder ähnliches warten läßt. Kein anderer von Teos Bekannten ist so taktlos, die mißratene Rede zu erwähnen, und als der hochgestimmte Preisträger es nicht lassen kann, sind alle bemüht, das Thema sofort zu beenden.
Teo aber faßt diesen Vorgang anders auf. Er sieht im taktvollen Schweigen der vielen Feindschaft, in Pauls Burschikosität aber freundschaftliche Geste, die ihm Gelegenheit zu befreienden Erklärungen geben soll, mit denen er sofort beginnt und damit neue Peinlichkeit verursacht.
Schnell merkt er, daß auch Paul ihm nicht zuhört, daß dessen Interesse sich ganz auf die Prominenten konzentriert. Nur Pauls Frau sieht ihn aufmerksam an, sagt aber kein Wort. Zu ihr gewandt, redet er noch ein paar Sätze über sein Mißgeschick, dann steht er allein.
Irene läßt sich von Liebscher den Chef des Hauses vorstellen und vertraut darauf, daß das Licht, das sie ausstrahlt, auch ihren Mann in ein besseres rücken wird.
Paul sagt: »Moment mal« und geht mit Frau zu den bedeutenden Uralten hinüber, wo er sich so benimmt, wie man es erwartet. Er lacht über jede lustige Bemerkung sehr, bringt niemanden durch zweideutiges politisches Gerede in Verle-

genheit, plaudert problemlos, gibt sich bescheiden und lauscht interessiert weisen Gemeinplätzen. Nur einmal spielt er sich in den Vordergrund, als er nämlich beim Sektumtrunk den betont unkonventionellen Stil der kleinen Nachfeier verletzt, indem er in einem zu lang geratenen Toast Staat, Partei und Volk, denen die Literatur alles verdanke, hochleben läßt und damit den Gesichtern Mienen aufzwingt, auf die anspielend Teo zu ihm sagen könnte: Mach dir nichts draus, alter Junge.
Aber Teo hat anderes im Kopf, vor allem, und eigentlich schon kopffüllend, seine Unglücksrede, über die er noch nicht nachdenken, die er nur nachbilden kann. In endlos sich wiederholender Qual redet er inwendig weiter, hört weiter das Lachen, Zischen, Scharren, bezieht jedes Wort, das fällt, jeden Blick, der ihm gilt, darauf, kann sich nicht vorstellen, daß das jemals vergeht, sein Inneres wieder gesundet, weiß kein Mittel dagegen – und wendet schon eins an.
Bekanntlich mehrt sich Leiden durch Inaktivität und mindert sich durch Tat. Und zu letzterer ist Teo gezwungen: durch sein ungleiches Schuhpaar und durch Irenes Party-Planung, die auch ihm jetzt wichtig wird.
Um seine Füße nicht zum Blickfang zu machen, drängelt er sich in eine der Gruppen hinein und plant von dort aus in Ruhe die Wege, die er zu machen hat.
Er muß die als Privatgäste vorgesehenen beiseite nehmen, weil er nicht vor anderen, die er auch kennt, Einladungen aussprechen kann, die ihnen nicht gelten. Er muß aber auch schnell handeln, weil das Beisammensein deutlich auf Kürze angelegt ist. Schon ist der Sekt alle. Schon räumen Sekretärinnen die Imbißreste beiseite.
Wichtig sind vor allem der Preisträger und seine Frau. Aber die stehen noch am Tisch der Uralten, sie lächelnd und schweigend, er mit verklärtem Gesicht. Die Hinweise, daß alles auf Fleiß, daß alles auf Beobachtungsgabe, auf Verbindung zum prallen Leben, auf festen Standpunkt ankomme, nimmt er wie eine Erleuchtung entgegen und antwortet auf die Frage nach literarischen Vorfahren mit einem Geistesahnenregister, das genau zur Hälfte aus Namen sitzender Anwesender besteht – eine Huldigung, die von einigen mit wohlwollendem, von anderen mit skeptischem Lächeln entgegengenommen wird.

Während die blendend erzählte Laufbahn einer Journalistin, die sie durch mehrere landbekannte Ehebetten führte, die Gruppe, in der Teo steht, zum Lachen bringt, überwindet er schnellen Schritts das deckungslose Terrain, bringt, die Füße im Schutz des Tisches, auf die Schwerhörigkeit der Greise vertrauend, seine Einladung vor und bekommt von Paul gnädiges Kopfnicken, von Frau Ulla ein lautes »Ja, gerne!« zur Antwort.

Irene hat das Gespräch mit dem Chef inzwischen zu einem sehr vertraulichen werden lassen. Sie flößt ihm Mitleid mit Teo ein, spart aber auch nicht mit liebevollen Vorwürfen. Sie klärt den wie verzaubert lächelnden Herrn über Teos fast asozial zu nennende Moralität auf und nötigt ihm das Versprechen ab, sich um ihn und die eventuellen Folgen des heutigen Mißerfolgs zu kümmern.

Teo hat inzwischen die Gruppe erreicht, in der Liebscher sein Witzrepertoire nicht nur anbringen, sondern auch erweitern kann.

»Ein Dialog: Mein Mann hat sich das Rauchen abgewöhnt! – Dazu gehört aber viel Willensstärke! – Die habe ich auch!«

Liebscher ist erfolgreich. Ein von Feierlichkeit mitgenommenes Publikum ist für jeden Anlaß zum Lachen dankbar. Als er eine Pause einlegt, flüstert ihm Teo die Einladung zu und will zu Fräulein Hesse hinüber, die mit jüngeren Kollegen schon in Türnähe steht. Aber Liebscher hält ihn am Ärmel fest.

»Ganz so war mein Kompromißvorschlag nicht gemeint.«

»Du kannst beruhigt sein: Ich werde ihn nie erwähnen.«

Die Gruppe um Fräulein Hesse wird schweigsam, als Teo herantritt, zerstreut sich dann schnell. Fräulein Hesse hat einen traurigen Blick. Auch das Lächeln, das seine Einladung quittiert, ist schmerzlich.

»Wäre es nicht besser, wenn Sie heute allein blieben?«

»Nein, im Gegenteil«, sagt Teo und bittet sie, draußen auf Irene und ihn zu warten.

Er muß sich noch vom Chef des Hauses verabschieden, der Irene gerade die Hand küßt und dann Teos länger als nötig hält, während er ihm ein abschließendes Gespräch ankündigt: »Es wird wohl, wenn es Ihnen recht ist, ziemlich grundsätzlicher Natur sein müssen.«

»Welch reizende Leute«, sagt Irene auf der Treppe. »Ich habe mich sehr wohl gefühlt.«
»Wo man anerkannt wird«, antwortet Teo nicht ohne Bitterkeit, »ist es leicht, sich wohl zu fühlen.«

16

Die letzten Strahlen der untergehenden Sonne fallen durch offene Fenster auf Mutter und Tochter, die sich im Jungmädchenzimmer ihre Hüte vorführen. Sie finden einander schön, aber auch fremd und komisch. Sie lachen, fallen einander in die Arme – und weinen plötzlich, wortlos, tränenreich. Aber das Bild der Gemeinsamkeit, das sie bieten, trügt. Sie weinen gemeinsam, aber jeder aus anderen Gründen.
Die Tochter weint über verlorene Liebesillusionen, über eigne Schwäche, aus Angst vor unsicher gewordener Zukunft – und aus Freude über die Heimkehr, die ihr neu schenkt, was sie verloren hatte: das Gewohnte. Von nun an, so nimmt sie sich vor, will sie das Wiedergefundene sehen, als sähe sie es zum erstenmal: dieses Zimmer, diesen Garten und diese stets fröhliche Mutter, bei der man sich ausweinen kann, ohne gleich vom ganzen Ausmaß überstandenen Elends erzählen zu müssen. Die Tränen rinnen dem Vergangenen nach, beginnen die Reste von Verzweiflung wegzuwaschen, sie aufnahmefähig zu machen für das Neue, das sie schon erwartet. Die nassen Flecken auf der Schulter der Mutter markieren einen Wendepunkt: das Ende der Kindheit. Auch in den Tränen der Mutter mischen sich Freude mit Schmerz. Hinzu kommt die Angst. Die Freude gilt der so unerwartet veränderten Tochter, der Schmerz dem an sich verzweifelnden Mann, die Angst aber Paul, der mit einem Wort das auf Lebenslänge berechnete Glück der Familie zerstören kann.
Sie ist selig, der Tochter noch soviel zu bedeuten. Sie hält die Große im Arm und wünscht sie sich klein und noch kleiner, ganz winzig. Sie träumt sich zurück in die Zeit, in der beider Schicksal noch in eins zusammenfiel, in der das Kind noch ganz angewiesen war auf ihre Liebe, ihre Fürsorge, auf die Milch, mit der ihr Körper es ernährte.
Daß ihre Wege sich jetzt mehr und mehr voneinander trennen, ist ein Grund zum Weinen, ein anderer die Erinne-

rung an die Zeit, in der sie beide noch ein Leib waren. Das war eine Zeit der Angst und des Ekels.
Angst hatte sie vor beiden Männern, Ekel vor sich selbst. Während Pauls Kind in ihr wuchs, lernte sie Teo lieben – und betrog ihn, um dem Kind den Vater zu erhalten und sich selbst das Glück. Das Erbrechen, das sie monatelang quälte, hatte seelische, nicht körperliche Ursachen. Die ruhige Freude der Schwangerschaft, die viele Frauen kennen, war ihr versagt. Oft haßte sie das Kind in ihrem Leib, dem zuliebe sie zur Lügnerin wurde.
Auch jahrelanges Glück gibt Grund für Tränen, wenn es auf Betrug gebaut ist, der enthüllt werden kann durch Zufall, durch Unachtsamkeit oder aus Rache.
»Müssen wir dummen Frauenzimmer«, sagt sie und löst sich von der Tochter, »ausgerechnet unsere Tränen loswerden, wenn Gäste da sind und wir schöner sein müssen als sonst? Zum Glück gibt es Mittel gegen verheulte Gesichter.«
Irene gibt selten Gesellschaften, versteht es aber. Sie kann Tafelgenüsse so verteilen, daß in Gesprächsnot immer wieder über sie gesprochen werden kann. Sie weiß Alkohol, der Zungen ölt und, auf verborgene Glut gegossen, Flammen entfacht, richtig einzusetzen und gerät bei unvermeidlichen Krankheits-, Kinder-, Klempner-, Koch- und Kraftfahrzeugdauergesprächen nicht in Panik, weil sie erfahren hat, daß die verantwortlichen Gastgeber weniger genügsam sind als die Gäste, die allein von Verantwortungslosigkeit schon erfreut werden.
Außerdem hat sie, anders als Teo, nicht allzuviel gegen solche Gespräche, weil sie allgemeine Beteiligung zulassen. Krankheiten hat jeder, und Klempnergeschichten ähneln einander so sehr wie Liebesgespräche, die man auch wieder und wieder ohne Überdruß führen kann. Mehr schätzt sie freilich Gespräche über Menschen, Klatsch, wie man grundlos abwertend sagt, Neuigkeiten aus fremden Stuben und fremden Herzen, Familienschauspiele; Personalien – aber ohne Realien; Geschichten über Bekannte – aber ohne deren Berufsprobleme; über Autoren – aber nicht über deren Werke; über Politiker – aber ohne Politik. Sie ist ganz auf Menschen orientiert; die Erörterung von Sachen, von wissenschaftlichen, literarischen, historischen Fragen nennt sie Fachsimpelei und ist dagegen.

Um die zu verhindern, ist Sitzplanung nötig, die Irene mit Hilfe von Tischkarten vornimmt. Die beim Eintritt meist verschüchterten Gäste richten sich ohne Murren danach. Sie hat Krautwurst zwischen Teo und Fräulein Hesse, Professor Liebscher neben Frau Krautwurst und sich selbst zwischen das Jubelpaar gesetzt, zwischen Herrn und Frau Schuster, um intime Fraktionsbildung zu verhindern, was unnötig war; denn die beiden machen keinen Versuch, auch nur ein Wort miteinander zu reden. Können sie sich auch ohne Worte etwas sagen, oder haben sie einander nichts zu sagen?
Paul beteiligt sich am Gespräch über Autos. Er kann sich an die Gangschaltung des neuen Wartburg nicht gewöhnen. Er verzichtet seines Gewichts wegen auf Torte und erklärt sein früheres und sein jetziges gestörtes Verhältnis zum Kaffee.
»Und Pudding?«
»Kommt mir nicht ins Haus!«
»Ist das wahr?«
Frau Ulla erschrickt, wenn sie angesprochen wird. Sie hat Augen, deren Feuchte ihnen eine Unschärfe verleiht, hinter der sich Nachdenklichkeit oder Leere verbergen kann. »Aber ja doch!« sagt sie und fällt in ihr Schweigen zurück, bis Irenes nächste Frage sie wieder aufschreckt: Aber ja doch! Aber nicht doch! Aber ja doch!
Armer Paul, denkt Irene. Aber dieser Mitleidsgedanke gilt nicht dem glattrasierten, um sein Gewicht besorgten Mann neben ihr, sondern dem Paul ihrer Erinnerung. Sie bedenkt im Moment nicht, daß Schmerzen wie manche Südfrüchte erst süß werden durch langes Lagern, so daß nach Jahren Leiden von Freuden sich kaum noch unterscheiden. Ihr Paul war der bärtige Paul, und um den tut es ihr leid, wenn sie »Aber ja doch« hört und die ängstlich aneinandergepreßten Knie sieht, zwischen die, Handflächen flach aufeinandergelegt, die Hände gesteckt sind.
Weil der neue Paul so fremd ist wie einer, den sie nie gekannt hat, schwindet auch ihre Angst vor ihm. Er macht den Eindruck eines Mannes, dem es in der Gegenwart zu gut gefällt, als daß er Lust hätte, in Erinnerungen zu kramen, die ihr gefährlich werden könnten.
Frau Krautwurst will von ihrem Nachbarn, Professor Liebscher, wissen, ob an dem Gerücht, daß zwischen gesteigerter Eßlust und Sexualität Zusammenhänge bestehen, etwas

Wahres sei. Aber der ärgert sich schon, mitgekommen zu sein, stellt Langeweile zur Schau, zuckt erst die Achseln, sagt, er sei kein Psychologe, wird aber, nachdem er die Fragerin, was der nicht unangenehm ist, genauer gemustert hat, lebhafter, beugt sich zu ihr und flüstert ihr ins Ohr, was sie zum Lachen bringt.

Der einzige, der sich von Anfang an wirklich amüsiert gibt, ist Krautwurst, und Irene ist ihm dankbar dafür. Ihm gelingt es, durch provokatorische Äußerungen heftige Diskussionen über Abwaschmittel, Papierwindeln, Vorfahrtsregeln zu entfachen und mit der grauenerregenden Geschichte von einem motorisierten Klempner, der durch übermäßigen Knoblauchgenuß die Küche eines Kindergartens zum Einsturz bringt, alle Themen in eins zusammenzufassen. Leider gelingt es ihm aber nicht, dafür einen wohlwollenden Blick seiner Frau zu erhaschen. Da läßt sein Eifer nach, er seufzt resigniert, lehnt sich zurück, zündet mit zitternden Händen eine Zigarette an, nimmt sich aber noch einmal zusammen und wendet sich mitleidig an Fräulein Hesse, um zu fragen, ob ihr etwas fehle.

»Nein, nein«, lügt sie eilig, bemüht sich, nicht mehr auf die Tür zu starren, hinter der Teo verschwunden ist, und überlegt weiter, was sie ihm zum Trost sagen kann.

17

Birt hatte nie zu der Sorte alter Leute gehört, die den Jüngeren verübelt, daß ihre Vorstellungen vom Leben anders sind. Solange er politisch und beruflich tätig war, hatte er sich im Rahmen des Möglichen mit den neuen Generationen mitzuverändern versucht. Seitdem Krankheit ihn an Haus und Garten fesselt, sind seine jungen Untermieter ihm wichtigste Verbindung zur Welt geworden, zu einem Teil der Welt allerdings, in dem er sich nicht ganz zurechtfindet, da seine ein Leben lang die Industrie gewesen ist.

Aber auch dort schon hatte ihn, wenn auch nur in Ansätzen, die Beobachtung mit Unbehagen erfüllt, daß im Laufe der Zeit (vielleicht zusammenhängend mit steigendem Wohlstand) der Umgang mit anderen Leuten seine ursprünglich revolutionäre Frische verlor, daß er gesitteter, kultivierter, wie manche sagen, steifer, bürgerlicher, wie er das nennt, geworden war. Die Entfremdung zwischen den Menschen wurde seiner Meinung nach größer, die Möglichkeit, sich offen die Meinung zu sagen, geringer, da immer mehr Anlauf nötig wurde, um die Pappwände der Konventionen zu durchstoßen. Das macht ihm Sorge, da er darin mehr sieht als ein Problem der Umgangsformen, nämlich die Tendenz zur Vereinzelung. Deshalb freut ihn sehr, wenn er wie an diesem Abend erlebt, daß es auch anders sein kann.

Er sitzt in der Küche und trinkt mit Teo Kognak. Daß er mit eingeladen wird, wenn Overbecks Besuch haben, ist im Laufe der Zeit so selbstverständlich geworden wie seine Küchenhilfe bei solchen Gelegenheiten. Er macht sich also nützlich, bis Teo kommt und ihn zum Trinken animiert.

Dem tut es gut, aus der dünnen Luft akademischer Höhen herunterzusteigen in die Dünste der Küche. Hier wird das Zischen, das Füßescharren, das Lachen in seinem Kopf leiser, ist aber immer da, auch wenn er Birt die Gäste erklärt und über jeden was Lustiges zu sagen weiß, nur über Paul nicht, den stattlichen Genossen, wie Birt ihn nennt. Nach dem muß er fragen und erfährt, daß das ein Freund ist, wenn man nach siebzehn Jahren noch so sagen darf; denn man erkennt ihn kaum wieder, weiß kaum, wie man ihm begegnen soll. Angst gehabt hat man, daß die alten Geschichten, die einen mal getrennt haben, wieder hochkommen, aber nun ist es wie mit Gewitterwolken, die in der Ferne schwarz aussehen, über einem aber nur grau sind. Aber ob die Blitze nicht doch kommen, weiß man nicht.

Soweit ist Teo gekommen mit seinen Erläuterungen, da geht die Tür auf, und der stattliche Genosse selbst steckt den Kopf durch den Spalt, um sich zu vergewissern, ob das der Raum ist, den er sucht, die Toilette nämlich.

Eine peinliche Situation, findet Birt, ist aber erfreut, als Teo Peinlichkeit gar nicht aufkommen läßt, »Komm 'rein, von dir reden wir gerade« sagt, ihm durch Handbewegung einen Platz auf dem Kohlenkasten anweist, mit seinen Erläuterungen fortfährt und dabei den nun Anwesenden nicht milder, sondern schärfer behandelt.

Früher sei er ein Künstler gewesen, sagt Teo, wie die Kinogänger sich ihn vorstellen: bärtig, arm, zerrissen, hungrig und mit allem zufrieden. Schlimm! Gut aber doch in

einem Punkt: daß er nämlich auch mit sich selbst unzufrieden war, was ein Kennzeichen des Talents ist; man sieht die Größe in den Werken anderer, die Kleinlichkeit in den eignen, man verachtet den, der man ist, weil man Stärke und Phantasie genug hat, um sich vorstellen zu können, wie man sein müßte, wie man sein könnte. Und das treibt vorwärts, das spornt an, aber das schmerzt auch, wie Sporen nun einmal schmerzen. Das blutet, das hört nicht auf zu bluten, weil die Bewegung nicht aufhört. Die Anspannung nicht, weil man vorwärts jagt, von eignen Sporen getrieben, einem Ziel zu, das man nie erreicht, nie erreichen darf, um nicht zur Ruhe zu kommen; denn die Ruhe, die Zufriedenheit, die Schmerzlosigkeit sind der Tod des Talents. Schön zu schreiben, das kann man erlernen, das Entscheidende aber lernt man nicht, das lebt man, das ist man, und deshalb sind Entscheidungen, die man im Leben trifft, auch Entscheidungen über die Bücher, die man schreiben wird.
Längst sitzt Teo nicht mehr am Tisch. Er geht umher, von der Tür zum Kühlschrank, vom Kühlschrank zur Tür, hin und her, her und hin, an Birt vorbei, der am Fenster steht, erstaunt über den Vortrag, der nicht mehr ihm gilt und den auch Teo erst als solchen erkennt durch Birts Staunen, an Paul vorbei, der reglos auf dem ihm angewiesenen Platz sitzt und die Muster des Fußbodenbelags zu zählen scheint.
Jetzt erst merkt Teo, wie lebhaft, wie überzeugend, wie pausenlos er redet, hier in der Küche vor dem einen Mann, der ihn bewundert, vielleicht versteht, und vor dem anderen, an den der Vortrag eigentlich gerichtet ist. Hier kann er seine Stimme volltönend steigern, hier faßt er sofort den Knoten, findet ohne Schwierigkeit den Übergang vom Verfasser zum Buch, hier kann er es in klaren, verständlichen Sätzen beurteilen, hier in der Küche, voll Hohn gegen sich selbst, voll Verzweiflung, aber zeitweilig auch überstrahlt vom Schein der Hoffnung, daß durch die Anwesenheit des Hauptbetroffenen der Küchenvortrag das Versagen beim öffentlichen aufheben könnte.
Doch schon während er redet, wird ihm das Trügerische dieser Hoffnung klar, und sein Vortrag wird, nur von ihm bemerkt, aus einem über ein Buch zu einem über ein Leben, sein Leben, sein Verhalten, Versagen, Verantwortung, Mut,

Ehrlichkeit, Würde sind Wörter, die dabei zwar nicht vorkommen, aber allen Zuhörern verständlich mitschwingen in den klaren Sätzen, mit denen er Schusters Buch mit absichtsvoller Übertreibung das eines mißgeleiteten Talents nennt, das oft Gesagtes kunstvoll wieder sagt, Vorgezeichnetes mit schönen Farben ausmalt und dem Grenzen jeglicher Art mehr bedeuten als die Pflicht des Autors, ihrer zu spotten, da nicht Illustrierung des Bekannten, sondern Entdeckung des Unbekannten, Neuen seine Aufgabe ist. Denn wem Ausweitung aller Möglichkeiten des Menschen höchstes Ziel ist, kann dessen freiwillige Einengung nicht dulden, und sei es die durch Konvention.

Er geht und redet, seine Stimme wird sicherer, lauter, sein Vortrag schneller. Doch als er nach wohlbedachter Pause zur Zusammenfassung kommen will, schreit Birt auf: »Mein Gott, die Schuhe!«

Das ist ein Schreckensschrei, aber nicht nur das. Es ist auch Jubel darin, ein winziger Bruchteil nur, aber doch vernehmbar einem Gehör, das überall Spott und Schadenfreude erwartet und beides in Schusters Gesicht auch zu sehen meint.

Birt ist wirklich in erster Linie entsetzt über die Entdeckung, aber als er sieht, daß Schuster sein Entsetzen nicht teilt und Teo zu lachen beginnt, macht das Empfinden für die Komik des Unglücks aus seinem Entsetzen sich frei, und er lacht mit, bis er merkt, daß dieses lauter und lauter werdende Lachen, das Teos Körper erschüttert, kein Lachen ist, sondern ein Krampf.

Im ganzen Haus ist dieses Lachen zu hören: im Kinderzimmer, wo Cornelias Lippen zum erstenmal Lippenstift spüren, und im Wohnzimmer, wo die Gesellschaft erschreckt verstummt, Irene aufspringt und hinausläuft.

Teo hat nur wenig getrunken, ihm ist aber zumute wie einem Betrunkenen, der sich wie ein Betrunkener nur aufzuspielen meint und jedem versichert, er sei nicht betrunken. Er lacht und lacht und sieht die Angst in Irenes Gesicht, die ihn anspornt, lauter zu lachen, genießt den Widerhall seines Lachens – und bricht plötzlich ab, als Irene ihm die Hand auf den Mund preßt.

»So etwa müssen Geisteskrankheiten anfangen«, sagt er leise zu ihr und wartet darauf, daß das Zischen wieder beginnt.

Aber es beginnt nicht. Weil er abgelenkt wird. Birt nämlich hält den Zeitpunkt für gekommen, den Eltern vom Unglück ihrer Tochter zu erzählen.
»Mit Cornelias Philosophiestudium wird es nichts«, sagt er, deutet durch Heben der Schultern Hilflosigkeit an und beobachtet besorgt Irenes Reaktion.
»Das also ist es«, sagt die aber nur und spart sich jedes Jammern.
Teo sagt nichts, nickt Irene, Birt und Schuster nur zu und geht sofort in Cornelias Zimmer hinüber. Er findet die Tochter mit Schminkarbeit beschäftigt, die sie auch nicht unterbricht, als er zu ihr tritt und ihr die Hand aufs Haar legt.
»Hat Birt gequatscht?« fragt sie und betätigt den Augenbrauenstift.
»Ja«, sagt Teo und dann lange nichts.
Für die Liebe der Eltern zu ihren Kindern müßte man ein anderes Wort haben, denkt er, weil sie anders ist: reiner, selbstloser. Ob sie kleiner wird, wenn die Kinder größer werden, schließlich keine mehr sind? Dieses hier ist gerade dabei, ihr inneres Gewachsensein äußerlich zu dokumentieren.
»Sicher ist Einsicht auch solch ein Wort, das du haßt«, sagt er und streichelt ihr Haar, »aber ich finde kein anderes. Da nicht alle studieren können, mußt du einsehen lernen, daß es nur die Besten dürfen.«
»Das einzusehen ist leicht; aber wie soll ich mir einreden, daß ich nicht zu den Besten gehöre?«
»Für einen Notbehelf halte ich die Wertung des Zensurendurchschnitts auch, weiß aber keinen besseren. Du?«
»Du bist also noch immer davon überzeugt, daß ich zum Philosophiestudium geeignet bin?« fragt sie und greift zum *Eyeliner*.
»Ja.«
»Und warum willst du deine Beziehungen nicht spielen lassen? Wenn schon nicht deiner Tochter, so doch vielleicht der Gerechtigkeit zuliebe.«
»Du überschätzt meinen Einfluß.«
»Auch den geringen, den du hast, setzt du nicht ein.«
»Einem Mädchen, das Philosophie, also auch Ethik studieren will, brauche ich meine Gründe doch wohl nicht zu erklären.«

»Glaubst du vielleicht auch wie der alte Birt, daß es Schiebungen dieser Art bei uns nicht gibt?«
»Ich glaube, daß es gut wäre, wenn es sie nicht gäbe.«
»Weil ich einen Moralisten zum Vater habe, bleibt mir also nichts als Resignation.«
»Nicht Resignation – Einsicht, auch in die Tatsache, daß du etwas falsch gemacht hast. Du hattest wie jeder alle Möglichkeiten und hast sie verspielt, aber doch nicht für immer. Du kannst es wieder und wieder versuchen. Bei dir fängt doch erst alles an. Wenn du die Überzeugung hast, daß du die Richtige bist, wirst du auch die anderen überzeugen können. Sei hartnäckig, laß ihnen keine Ruhe. Sei auch hartnäckig zu dir selbst. Wenn du deiner selbst sicher bist, besteht kein Grund zur Resignation.«
Die Bemalung ist fertig. Cornelia steht auf, legt die Arme um Teos Hals und reibt ihre Wange an seiner. »Es ist zum Lachen«, sagt sie über seine Schulter hinweg, »daß gerade du so etwas sagst. Gerade du, gerade heute!«
»Lache ruhig«, sagt Teo und fragt sich wie schon so oft in all den Jahren, ob er das Kind auch so sehr lieben würde, wenn es ein Junge wäre. »Ich lache mit über den unsicheren Alten, der Sicherheit predigt. Aber am eindrucksvollsten kann vor den Gefahren des Eises warnen, wer gerade eingebrochen ist. Du nennst mich einen Moralisten, aber die Lehre, die ich heute erhalten habe, ist mehr praktischer Natur. Gut machen kann man nur, von dessen Wert man überzeugt ist, und der sogenannte goldene Mittelweg ist oft ein schwarzer, der an Abgründen endet. Aber nun geh und zeige dich der schaulustigen Menge. Und ich ruhe mich hier bei dir ein bißchen aus – und wechsele die Schuhe.«

18

Zur Zeit bin ich wohl die einzig normale in dieser Familie, denkt Irene, als sie Cornelia ins Zimmer kommen sieht.
Beunruhigt durch Teos Lachanfall, hat die Gesellschaft jeden Gesprächsstoff verloren. Alle sehen zur Tür, als diese sich öffnet, und werden so Zeuge von Cornelias Galaauftritt. An Anomalität denkt dabei außer der Hausfrau niemand, und auch bei der ist die Angst davor mit Bewunderung gepaart.

Sie erschrickt über die Wandlung in ihrer Tochter, freut sich, daß es eine in die von ihr gewünschte Richtung ist, ist bereit zu bewundern und wird doch den Schreck nicht los, da zuviel Ähnlichkeit mit Teos Verzweiflungslachen zu bestehen scheint.

Cornelia sieht schön aus. Aus dem unglücklichen Kind ist ein köstlich geputztes Fräulein geworden, sicher ihrer selbst, sicher ihrer Wirkung – der auf Männer vor allem, weil die nicht nur bewundern, sondern auch begehren. Von einer Stunde zur anderen scheint das Kind die Schönheitspredigten der Mutter begriffen zu haben, nein, viel mehr, es scheint hinter das Geheimnis weiblichen Putzens gekommen zu sein, das die Mutter nie verraten hat. Daß nämlich Begehrenswertes doppelt begehrt wird, wenn die Aufforderung zum Begehren deutlich gemacht wird. Daß also nicht nur begehrt wird, was man zeigt, sondern auch und zusätzlich begehrt wird, weil es gezeigt wird.

Und Cornelia zeigt viel. Nicht nur, weil ihr Himmelblaues aus sehr wenig Stoff gemacht ist und schon ein Jahr unbenutzt liegt, während das Mädchen Monat für Monat an Höhe und Fülle zunahm, sondern auch, weil sie gut geschminkt ist und so auf ihre Augen aufmerksam macht und auf ihre Lippen, die, nicht mehr nachdenklich gestrafft, sondern gelöst, voller geworden sind und vielleicht aus Angst, die ungewohnte Fettfarbe könnte sie zusammenkleben, Zähne sehen lassen. Was sie nicht zeigt, ist ihre (nicht in einer Stunde zu reparierende) Frisur. Die verdeckt der Modellhut, der ihrer Erscheinung die letzte Vollendung gibt, den Zauber perfekt macht, dem erst einmal alle erliegen, alle, sogar Herr Krautwurst, der einige Sekunden selbstvergessenen Staunens braucht, ehe er, um nichts falsch zu machen, sich an der Reaktion seiner Frau orientiert. Aber die ist ebenso hingerissen wie er selbst, hält bewundernd den Kopf schräg, und da dort Professor Liebschers Schulter ist, lehnt sie ihn daran. Fräulein Hesse sieht noch nachdenklicher aus als vorher; da sie gedanklich ständig mit dem Vater beschäftigt ist, sucht sie bei der Tochter nach Ähnlichkeiten. Frau Schusters Gesicht verliert jede Form von Ängstlichkeit. Sie lächelt und sagt, ohne ihren Mann danach zu fragen: »Aah!« Auf Paul aber achtet sie nicht. Das bleibt Irene überlassen, der ein Blick genügt, um zu wissen, daß hier ihr Einschreiten erforderlich sein wird.

Mit diesem Blick nämlich erkennt sie Paul zum erstenmal richtig wieder, den alten Paul, was heißen soll: Den früheren Paul erkennt sie in dem alt und anders gewordenen wieder. Denn so, wie er jetzt ihre Tochter ansieht, hat der Bärtige früher sie angesehen. Und das erschreckt sie.

»Darf ich vorstellen: mein Fräulein Tochter!« sagt sie zu der Menge und bemüht sich dabei um einen komödiantischen Ton, der zeigen soll, daß sie durchaus bereit ist, mit den Anwesenden zusammen den Auftritt komisch zu finden, daß sie nichts dagegen hat, wenn man über das aufgetakelte Schulkind, das zur Party im eigenen Hause mit Hut erscheint, lacht, daß man auch über sie lachen darf, die stolze Mutter, die ihr Kind vorstellt, als wüßte sie nicht, daß es außer dem Ehepaar Schuster allen bekannt ist.

Aber es lacht niemand. Man bewundert und sagt es der Bewunderten, die gleichbleibend lächelt und dieses Lächeln auch beibehält, als sie sitzt und Irene Getränke serviert. Es ist ein Lächeln, das wie angeschminkt wirkt, ein allgemeines Lächeln, das allen gleichzeitig und damit keinem gilt, das niemandem geschenkt werden kann, weil es zum Gesicht gehört, das selbst beim Sprechen nicht weicht, das nichts von dem, was im Innern des Mädchens vor sich geht, ausdrückt, sondern eher dazu gemacht scheint, es zu verbergen.

Nur eines beunruhigt Irene mehr als dieses Lächeln: Pauls Blick, mit dem er Cornelia manchmal ansieht, unauffällig, wie er glaubt, ernst, nicht prüfend, nicht abschätzend, nicht einmal begehrlich. Er hat sich so gesetzt, daß er das mühelos kann, nicht neben sie, sondern ihr gegenüber. Er spricht sie nicht mehr an als andere auch, beteiligt sich am allgemeinen Geplauder, antwortet, wenn man ihn fragt, freundlich und verständig wie immer, ist zuvorkommend zu allen anwesenden Frauen, sogar zur eignen bis auf die Sekunden, in denen er sich in Cornelias Anblick versenkt. Manchmal sieht auch sie dann ihn an, und Irene ist überrascht, wie lange sie seinem Blick standhält.

Äußerlich bleibt Irene ruhig, inwendig aber gerät sie in Panik. Was hier vor ihren Augen beginnt, kann das Ende ihres lang gehüteten Geheimnisses sein, der Anfang einer Katastrophe für alle Beteiligten, der Anfang vom Ende ihres sicheren Glücks.

Sie setzt sich zu Paul, so, daß er, wenn er mit ihr spricht,

Cornelia den Rücken zukehren muß, und bemüht sich um einen vertraulichen Ton, der ihr erstaunlich schlecht gelingt. Sie will ihn von der Tochter ablenken, ihn anderweitig fesseln, an sich, wenn möglich (aber das gibt sie so schnell auf, wie sie es denkt), an ein Thema, von dem er sich fesseln läßt. Davon kennt sie zwei: seine Arbeit und sein Heimatdorf. Da sie vom ersten zuwenig versteht, wählt sie das zweite.

Er wendet sich zu ihr, hört sie an, gibt sich aufmerksam, zeigt gute Manieren, aber seine Augen verraten Ungeduld, die sich nur verliert, wenn er sich umdrehen muß zum Aschenbecher, was jedesmal lange dauert.

»Wie es jetzt dort aussieht, weiß ich nicht«, sagt er. »Ich war lange nicht da. Wenn du Lust hast, können wir ja mal hinfahren. Teo und die Tochter wird es ja vielleicht auch interessieren.«

Und er benutzt die gute Gelegenheit, ihr den Rücken zu kehren, sich nach vorn zu beugen und mit seiner sanften, zärtlichen, nur wenig herablassenden Spezialstimme für Frauen und Kinder, die er Irene gegenüber jetzt nicht mehr gebraucht, die Tochter zu fragen, ob sie nicht Lust dazu hätte, sonntags einmal, vielleicht schon am nächsten, falls das Wetter noch so gut ist wie heute, wie jetzt noch am Abend, den man noch ein wenig genießen sollte, draußen im Garten.

Und ohne Zustimmung abzuwarten, steht er auf, hat für Irene nur noch ein entschuldigendes Kopfnicken, geht zur Glastür, öffnet sie, wirft noch einen Blick auf Cornelia zurück und geht hinaus.

»Es wäre lieb, Cornelia, wenn du mal nach deinem Vater sehen würdest«, sagt Irene rasch, als sie sieht, daß auch die Tochter aufstehen will. Dann geht sie stellvertretend auf die Terrasse hinaus, wo Paul sich Enttäuschung nicht anmerken läßt. Auf dem Weg dorthin führt sie in Gedanken folgenden Dialog mit ihm:

Sie: Laß, bitte, Cornelia in Ruhe!

Er: Was traust du mir zu? Sie könnte meine Tochter sein!

Sie: Sie ist deine Tochter!

Laut aber spricht sie davon, welch eigenartiges Gefühl es sei, sich nach so vielen Jahren wiederzusehen. Und er bestätigt es und lügt dabei genauso wie sie.

Denn von Gefühlen solcher Art kann keine Rede sein, bei ihm nicht, bei ihr nicht. Jeder weiß, daß der andere da neben ihm mal der gewesen ist, den er geliebt hat, aber so, wie er jetzt ist, hat er mit den Paradiesen und Höllen der Erinnerungen nichts mehr zu tun. Das macht sie um Worte verlegen. Denn über die Gegenwart, die für beide Cornelia heißt, wollen sie nicht reden.
»Bist du glücklich?« fragt Irene schließlich, weil sie das Gefühl hat, daß sich so etwas in dieser Situation gehört. Sie will damit in der Nähe dessen bleiben, was sie beschäftigt, will also über seine Frau und seine Ehe etwas hören. Er aber bezieht es auf den Literaturpreis und erklärt ihr, daß es ihm damit gehe wie mit aller Freude, die bekanntlich in der Erwartung groß sei, um sich dann in Nichts aufzulösen.
»Und in deiner Ehe?«
»Kann die auch etwas mit Glück zu tun haben?«
»Bei mir schon.«
»Ja, in der Erinnerung«, sagt er und begleitet die Worte mit großen Gesten. »Die vereinzelt im Gras stehenden ärmlichen Wiesenblumen rücken nachträglich immer zu bunter Fläche zusammen.«
»Wenn es bei dir wirklich so ist, kannst du mir leid tun«, sagt sie und denkt: Hat sich wirklich erst heute alles verändert, oder habe ich es nur anders sehen gelernt?
Alles Rederei und Schauspielerei, denkt Irene, zynische Bilanz eines unzufriedenen Egoisten, der die Enttäuschung darüber, daß die Welt ihm nicht zu Füßen liegt, in allgemeinen Weisheiten abreagiert. Ihr kann er nicht einreden, daß Glück nicht möglich sei, auch an dem Tag nicht, an dem ihres aus den Fugen zu brechen droht, an dem alles unsicher geworden ist, an dem jeder sich vom anderen entfernt hat.
Bisher war es so: Es gab einen Mittelpunkt, der feststand und der Kern war des Glücks, der Gemeinsamkeit, der Sicherheit: die Familie. Von dort ging alles aus, dorthin kehrte alles zurück, ihm diente alles, auch Schule und Arbeit. Was draußen auch geschehen mochte, den Kern berührte es nicht. Drei Menschen zogen täglich aus, um in der Öffentlichkeit sich selbständig zu bewähren und abends die Früchte heimzutragen.
Heute sah alles anders aus: Die Tochter hatte Erschütterungen erlebt, die den Eltern teilweise verborgen blieben. Der

Vater hatte enthüllt, daß er nach außen stärker gebunden war als nach innen, daß er bereit war, seinen Berufsproblemen sich selbst und die Sicherheit der Familie zum Opfer zu bringen. Die Mutter hatte Mißtrauen und Zweifel kennengelernt, und die Drohung, daß alte Lügen sich enthüllten, schwebte über allen. Der Kern hatte sich als brüchig erwiesen. Der Mittelpunkt war vielleicht schon keiner mehr.
»Paul? Wo bist du?« ruft Ulla Schuster. Sie steht in der Tür und kann die beiden mit ihren vom Lampenlicht geblendeten Augen nicht gleich sehen.
»Was ist?«
»Ich soll doch immer in deiner Nähe bleiben.«
»Aber jetzt doch nicht mehr!« sagt Paul und versucht vergeblich, den barschen Hausvaterton zu dämpfen.
»Ich muß nach Teo sehen«, sagt Irene, geht durchs Wohnzimmer, wo Professor Liebscher mit Erfolg Witze testet, in Cornelias Zimmer hinüber und hört gerade noch die Schlußworte, mit denen Teo die Lehren des Tages für seine Tochter zusammenfaßt.
»Wahre Übereinstimmung mit der Gesellschaft kannst du nicht erschleichen. Du kannst nur geben, was du hast: dein verändernd wirkendes und veränderliches Selbst.«
Irene findet darin ihre neue Sicht bestätigt. Schon lange hat sie eine Nebenbuhlerin, die sie bisher mißachten zu können glaubte, gegen die sie machtlos ist, mit der zu leben sie sich einrichten muß: Teos Arbeit.
»Denkt an unsere Gäste!« sagt sie.
Am Arm ihrer Tochter betritt sie das Wohnzimmer und beglückt Herrn Birt mit einem speziell ihm geltenden Lächeln. Krautwurst versucht, dem dadurch verärgerten Liebscher seine Unterscheidung von echten und unechten Witzpointen klarzumachen, schweigt aber, als das Gesicht seiner Frau Unwillen verrät. Ulla Schuster leert überfüllte Aschbecher. Paul steht in der Glastür und fragt, ob jemand Lust habe, ihn beim Spaziergang durch den Garten zu begleiten.
»Ich!« ruft Cornelia.

19

Schwatzen kann sie wie eine Amsel, aber singen nicht, denkt Irene und meint Ulla Schuster damit, die die Abwesenheit ihres Mannes dazu benutzt, die in Stunden angestauten Redebedürfnisse zu befriedigen. Irene wehrt sich nicht gegen diese Sturzflut hausfraulicher Ratschläge und Erlebnisse, hört mit halbem Ohr sogar hin, da ihre Neugier auf Pauls Eheleben ganz am Rande noch da ist. Vorwiegend aber gilt ihr Interesse dem Hauptthema der Gesellschaft oder genauer dessen von ihr erhofftem baldigem Ende. Sie möchte nämlich alle zu einem nächtlichen Gang in den Garten verleiten, um den einsamen von Paul und Cornelia endlich zu beenden.

»Warum will Paul wohl keine Kinder haben?« sagt Frau Schuster übergangslos. »Sie kennen ihn doch von früher.«

»Weil er mit sich selbst schon nicht fertig wird«, antwortet Irene. »Sie möchten welche?«

»Und ich werde sie haben!« sagt Ulla Schuster mit überraschender Heftigkeit.

»Und warum?«

»Vielleicht aus Angst vor späterem Alleinsein.«

Irene steht mit ihr, das Glas in der Hand, an der Terrassentür, die Mailuft herein- und Rauchluft hinausläßt und ihr Blicke in den Garten gestattet. Leider kann sie nicht mehr sehen als ein Stück beleuchteten Wegs und Baumskelette, in deren Rippen ein schmaler Sichelmond langsam aufwärts klettert. Zum Thema des Tages hat sie wenig zu sagen, weil sie Teos Meinungen zwar gern zu ihren macht, aber nicht gern als ihre ausgibt. Das wenige aber, was sie sagen könnte, bezieht sich nur auf Teo persönlich, und das sagt sie ihm lieber allein, weil sie weiß, daß Männern schwerfällt, Ratschläge anzunehmen, die Ehefrauen ihnen öffentlich geben.

Das Gespräch bewegt sich in weiten Kreisen um die Preisverleihung, um Pauls Buch, um die Entscheidung der Jury, um Teos Rede, um Literatur also, um Politik, um Psychologie. Gesprächsbestimmend sind Liebscher und Overbeck. Irene hört zu und schweigt. Bei allen Tiefbohrungen und Höhenflügen bleibt sie ebenerdig. Das ist seltsam an ihr: Wie ein Meerfisch, der sein ganzes Leben im Salzwasser verbringt, ohne selbst salzig zu werden, lebt sie bald zwei Jahrzehnte unter analysierenden und theoretisierenden Wissenschaftlern, ohne daß Spuren davon bei ihr zurückbleiben. Instinkt scheint sie davor zu bewahren, etwas nachahmen zu wollen, was sie nur halb nachahmen könnte. Indem sie sich mit dem, was sie ist, zufriedengibt, bleibt sie in ihrer Art ganz, in sich gerundet, perfekt.

Obwohl Irene ins Dunkel hinaus lauscht, auf das Gespräch im Zimmer hört, um günstige Augenblicke zu dessen Abbruch nicht zu verpassen, und an Frau Schusters Problemen Anteil nimmt, hat sie noch ein Restchen Aufmerksamkeit dafür übrig, sich ihre Zimmereinrichtung anzusehen und eine Wandlung in sich festzustellen. Ihr ist völlig gleichgültig geworden, ob höheres Professorengehalt die Anschaffung neuer Möbel gestattet oder nicht. Auch ein Auto interessiert sie nicht mehr, nicht die erwünschte neue Wohnung, die so hatte aussehen sollen, wie Frau Schuster die ihre schildert. Wichtig allein ist nur noch, daß die Gefahr, in der sie schweben, spurlos vergeht.

Über das vom Haus her beleuchtete Gartenwegstück bewegen sich zwei Gestalten und verschwinden ohne Zögern wieder im Dunkeln. Irenes telepathische Bemühung, den beiden Gedanken an Rückkehr ins Haus zuzusenden, bleibt erfolglos. Daß die Spaziergänger deutlich sichtbaren Abstand voneinander halten, beruhigt Irene nicht. Sie weiß, welche Formenvielfalt gegenseitiger Annäherung zu Gebote steht, und sie erinnert sich noch gut an die Verführungskraft bewundernder Worte.

»Wer Autobiographisches als Grundlage von Literatur postuliert, läuft Gefahr, subjektive Maßstäbe anzulegen«, sagt Fräulein Hesse, fährt sich mit gespreizten Fingern durchs Stoppelhaar und ist empört über beide Männer, die aus verschiedenen Gründen dem Weg, auf den sie das Gespräch führen will, nicht folgen wollen – aus Lust an Quälerei und Selbstquälerei, wie sie (in diesem Irrtum mit Irene einig) annimmt. Sie hat sich vorgenommen, Teo Overbeck dadurch zu trösten, daß sie, ohne auf die Redekatastrophe einzugehen, das, was er gesagt hat, ernst nimmt und mit ihm so darüber diskutiert, als hätte seine Rede keine Laudatio, sondern eine Fachvorlesung sein sollen. Leider findet sie nirgendwo Unterstützung dabei, nicht einmal bei Irene, mit deren Seele sie ihre verwandt glaubt, da beide an eine dritte gebunden sind.

»Nicht um die Rede, um den Redner geht es«, sagt Professor Liebscher mit bösem Blick auf Fräulein Hesse, deren Samariterabsichten er durchschaut und mißbilligt. Ihm geht es nicht um Trost, ein Wort, das er nie ohne das Attribut billig verwendet, sondern um Ursachen und Folgen des angerichteten Schadens. Während der Gespräche über Knoblauch und Koteletts hat er außer über Frau Krautwurst auch über Overbecksche Probleme nachgedacht, ist dabei erfolgreich gewesen und muß die Resultate nun loswerden an den, dem sie nützen, an Teo also, ob dem das gefällt oder nicht. Je höher man steigt, meint er, desto mehr ist man schlimmer Witterung ausgesetzt, und wenn einer sich zutraut, Preisreden zu halten, muß er auch an ihn gerichtete Reden ertragen können, auch kritische, enthüllende, was Leute wie diese Genossin Hesse verhindern wollen, anscheinend gegen den Willen des Betroffenen, der keinen Versuch macht, dem Thema auszuweichen, der im Gegenteil sofort nach seiner Rückkehr in die Gesellschaft über sein Mißgeschick zu reden begonnen hat und nach reichlichem Alkoholkonsum allen Ausweichversuchen zum Trotz mit der zwanghaften Bewegung, die den Täter an den Ort seiner Tat zurücktreibt, immer wieder davon zu reden beginnt, dabei aber, wie Liebscher kritisch anmerkt, in der bloßen Beschreibung steckenbleibt, nie zu den Ursachen vorstößt, um die es aber zu gehen hat, wenn Gespräche darüber sinnvoll sein sollen.
»War doch eine enorme Fehlleistung, das Ganze«, sagt Frau Krautwurst, »und worauf die letzten Endes beruht, weiß man ja schließlich.«
Sie sagt es, als habe sie Teo damit eindeutig des größten Verbrechens, das es ihrem Empfinden nach geben kann, der Impotenz nämlich, überführt, und sieht Liebscher dabei an, als sagte sie: Der einzige Mann weit und breit bist du! Sie mag heute rücksichtslose Männer wie ihn, weil sie gestern die rücksichtsvollen gemocht hat. Liebscher denkt: Quatsch!, sagt es zwar nicht, gibt es aber zu verstehen, indem er unhöflich, wie er sein kann, die Bemerkung nicht zur Kenntnis nimmt, weiterredet, als hätte niemand etwas gesagt, und dabei die wahre Ursache von Teos Versagen deutlich benennt. Da er aber Frau Krautwursts Blick dabei annimmt und ihre Knie an seinen duldet, macht sie sich nichts aus seiner Ignoranz, weil es ihr niemals auf die Begleitmusik der

Gespräche, auf die sie gern ganz verzichten würde, sondern immer nur auf das Eigentliche, die Handlung ankommt.
Unsicherheit nennt Liebscher die Unglücksquelle, will das aber ideologisch, nicht psychologisch verstanden wissen, nicht als Seelen-, sondern als Klassenfrage, als Problem des richtigen oder falschen Bewußtseins, des festen oder schwankenden Standorts. Nicht mangelnde Vorbereitung sei zu beklagen, sondern mangelnde Prinzipienfestigkeit, Zersetzung durch ästhetische Zweifel, was besonders bedauerlich und eigentlich unverständlich sei bei einem Mann mit proletarischer Herkunft und Erziehung.
»Zu allgemein, viel zu allgemein«, murmelt Herr Birt, dem niemand ansehen konnte, daß er dem Gespräch überhaupt folgt. Der ungewohnte, beengende Schlips beschäftigt ihn ständig. Grimassenschneidend, dreht und senkt er den Kopf, macht den Hals mal lang, mal kurz, fährt mit dem Finger unter den Kragen, lockert den Knoten, zieht ihn fest, richtet ihn. »Was euch fehlt, ist der Feind. Dabei fehlt er gar nicht, ihr habt ihn nur aus den Augen verloren. Vielleicht ist die Mauer zu hoch.«
»Der Mensch ist mehr als das Produkt seiner Umgebung«, sagt Krautwurst zu Liebscher. »Erziehung ist nicht alles, und die Psyche nicht so berechenbar, wie Sie annehmen. Wenn es nach Ihnen ginge, müßte man Psychologen und Psychiater durch Gesellschaftswissenschaftler ersetzen.« Und dann fügt er, nicht jedem verständlich, hinzu: »Da muß ich meiner Frau recht geben!«
Die aber dankt es ihm nicht, blickt, weil Liebscher das tut, erwartungsvoll auf Teo, zählt seine Stirnfalten und nennt ihn still für sich einen Kaltblüter – wie jeden Mann, dem bei ihrem Anblick nicht warm wird. Wie alle einseitigen Menschen, die die Gefühlssprache anderer nicht verstehen können, hält sie ihre für die einzig existente.
Anderen geht es mit Denkmethoden so. Darüber sinnt Teo nach, während er sich Zeit läßt mit der Antwort, die, als sie endlich kommt, eine Frage ist, eine an Liebscher, die der ohne Zögern verneint.
»Hast du niemals an der Richtigkeit eines Auftrages oder Beschlusses gezweifelt?« lautet die Frage.
»Welch langweiliges Denkerleben«, sagt Krautwurst.
»Wenn Erziehung lebenslang wirkte, gäbe es keinen Fort-

schritt«, meint Fräulein Hesse, der Alkohol Mut macht. »Natürlich wirkt vieles nach, fragt sich nur, wie. Um Frustrierung der Kinder zu vermeiden, gingen unsere Eltern im Sommer nackt umher. Der Erfolg war, daß wir alle unter krankhafter Schamhaftigkeit leiden.«

»Und das nennen Sie Fortschritt?« fragt Frau Krautwurst empört. Sie verachtet dieses blaustrümpfige Mädchen, weil es als Rivalin nicht in Frage kommt.

»Mir schmeckt noch heute kein Bier, weil meine Mutter meinte, wer Bier trinke, schlüge auch Leute tot«, sagt Irene von ihrem Beobachtungsstand her und denkt mit Schaudern an die vielen Hektoliter, die Paul in ihrer Gegenwart getrunken hat.

»Beim Anblick von Uniformen denke ich immer an meinen Vater, der als die richtige Verdeutschung von Militär Mörderschule empfahl«, schreit Krautwurst und hofft, dadurch mit Liebscher in Streit geraten und ihm endlich den Satz sagen zu können, den er schon seit Stunden für ihn vorbereitet hat: Erfolgreich nennt man meist Leute, die es verstehen, andere für sich arbeiten zu lassen.

Aber Liebscher hört nicht auf das, was Wein und Kognak an Kindheitserinnerungen hochspülen, sondern nur auf Teo, der Herrn Birt zu erklären versucht, daß er wie jeder andere Fachmann auf technischem, ökonomischem oder sonstwelchem Gebiet zur Gütekontrolle verpflichtet sei und daß er sich gegen Anordnungen zu wehren habe, die Qualitätsverlust zur Folge haben müßten.

»Disziplinverlust würdest du nicht beklagen?«

»Für den Professor ist Ruhe erste Bürgerpflicht«, sagt Krautwurst.

»Ihr redet wie Feinde miteinander«, sagt Birt begütigend. »Dabei wollt ihr doch alle dasselbe.«

»Die meisten Morde kommen bekanntlich innerhalb von Familien vor«, ruft Krautwurst.

»Wenn man ein Kind ist«, sagt Teo, »ist der Vater Gottvater, der Lehrer Schulze der Lehrer schlechthin, und alle Flüsse heißen Spree und alle Staatschefs Ulbricht, und aller Wald ist Kiefernwald. Wenn man größer wird aber, der Vater nicht mehr allwissend ist, man Buchenwälder gesehen und von Wolga und Mississippi gehört hat, glaubt man doch, dann und wann einmal selbst entscheiden zu können, entwickelt sich so was wie Gewissen, wie Würde, wie Selbstachtung, Verantwortung, Selbstbewußtsein oder wie man das, altmodisch oder nicht, nennen soll. Dann glaubt man sich verpflichtet, wenn Fehler gemacht werden, korrigieren, kritisieren, protestieren zu müssen, wenn schlechte Bücher ausgezeichnet werden, öffentlich sagen zu müssen, daß sie schlecht sind.«

»Vielleicht sagst du das besser dem Nervenarzt«, sagt Liebscher.

»Und warum haben Sie es nicht gesagt?« fragt Fräulein Hesse.

»Warum ist Schusters Buch eigentlich schlecht?« fragt Herr Birt.

Diese Frage verleitet Teo zu dem Kurzurteil: »Weil es nicht Welt, sondern Papier reflektiert!«, die Fräulein Hesses aber zum Grübeln. Warum hat er seine Kritik eigentlich nicht ausgesprochen? War es Feigheit, Unsicherheit? Durch Feigheit erzeugte Unsicherheit? Durch Unsicherheit erzeugte Feigheit? Kann Feigheit nicht in Klugheit umgetauft werden, Unsicherheit nicht in Erfahrung? Hat er es doch erfahren, daß von verordneten Urteilen abweichende eigne sich später als falsch erwiesen, daß Unterdrückung vorschneller Privatmeinung im Moment nach Angst, später nach Weisheit aussah.

Während die Flaschen sich leeren, Frau Krautwurst sich die Hände so auf die Knie legt, daß sie nicht nur ihre, sondern auch die Liebschers berühren, Fräulein Hesse sich zu Irene und Frau Schuster an die Terrassentür stellt, um die Sorge um Teos Zustand mit ihr zu teilen, führt Teos Graben nach Gründen seines Versagens lediglich dazu, daß das Band seiner Unglücksrede wieder zu rollen beginnt, daß unsichtbar wieder gezischt, gelacht, gescharrt wird, sichtbar aber die Hals- und Wangenmuskeln sich verkrampfen und sein Mund sich dadurch wie vor Schmerz verzerrt, als die Prominenten in der ersten Reihe zu tuscheln beginnen. Und es sind ja auch Schmerzen, die in ihm toben, und das Heilmittel, auf das er Hoffnungen gesetzt hat, das Gespräch darüber, das Zerreden, schlägt nicht an. Auch Wiederholungen wirken nicht lindernd. Kein Haß, keine Wut, kein Zorn lassen Druck entweichen. Niemanden kann er verantwortlich machen, nicht einmal sich selbst. Der Schmerz ist sinnlos und unverdient

wie der durch Krankheit verursachte. Nur betäuben, nicht heilen kann man ihn. Er versucht es mit Alkohol, spürt ihn aber nur im Magen, der ihm Säure stoßartig in die Kehle treibt.
Er spürt eine Hand auf seiner Schulter, sieht Krautwursts vertrautes Koboldgesicht dicht neben seinem. »Versuche, dir klarzumachen, daß dein See von Plagen eigentlich nur eine Pfütze ist. Wir haben jetzt im Werkhof ein Mädchen, das seinen Vater fast umbrachte, als der mit ihm schlafen wollte.«
»Muß ich auch dir noch klarmachen, daß es nicht allein um mich geht?« antwortet Teo.
»Gar zu selten höre ich in euren Kreisen das Wort Sozialismus«, sagt Herr Birt und wird jetzt auch noch von Liebscher enttäuscht, der über Selbstverständlichkeiten zu reden reizlos findet.
»Über Brot wird auch nur geredet, wenn es fehlt!«
»Man sollte sich aber immer bewußt sein, welches Glück es ist, es zu haben«, sagt Birt. »Euch Jungen aber ist es Gewohnheit!«
»Ich kenne nur eine Form von Glück«, sagt Frau Krautwurst und versucht Liebscher durch Blicke verständlich zu machen, um welche Form es sich dabei handelt.
»Das Glück der einen Generation ist die Sorge der nächsten«, sagt Fräulein Hesse.
Glück ist Ruhe und Schmerzlosigkeit, denkt Teo, setzt alle Hoffnung auf Tabletten und sehnt den Augenblick herbei, in dem diese ihn unaufhaltsam in die Tiefe der Bewußtlosigkeit ziehen.
»Musik ist Glück!« schreit Krautwurst, steigt über Sessel zum Radio, dreht Orgelmusik auf natürliche, also unerträgliche Lautstärke, beginnt zu tanzen, mit sich selbst, und zu singen: Bruchstücke von Auswendiggelerntem aus der Schulzeit, die er jeder Andeutung von Melodie anzupassen versteht: »Lieb Vaterland, magst ruhig sein, daß ich so traurig bin, der Gott, der Eisen wachsen ließ, der kommt mir nicht aus dem Sinn, Träne um Träne rinnet hernieder, den Jüngling aber bringt keine wieder.«
Nur Liebscher findet das lustig und lacht, was Frau Krautwurst wiederum ärgert.
Birt, der sich berechtigt glaubt, endlich den Schlips abzubin-

den und den Kragenknopf zu öffnen, hat noch verspätete Erklärungen für Teos Versagen, die niemand mehr anhört.
»Vielleicht eine neue Form von Alterserscheinung. Lebens- und Berufserfahrungen veralten heute rascher als ihre Träger. Altersweisheit wird Alterstorheit. Nur ein bißchen ausruhen, sagt man sich, wenn man am Ziel ist – und ist schon im Wege.«
Irene stößt die Terrassentür weit auf. Fräulein Hesse geht als erste hinaus, atmet mit Wonne Nachtluft und sieht in den Mond. Frau Schuster räumt Geschirr weg und macht in der Küche Wasser zum Abwaschen heiß. Teo sucht im Schrank die Tabletten. Krautwurst singt: »Dem garst'gen Paar, davor dem Memmen graut, graut Liebchen auch vor Toten?«, tanzt zu Teo hinüber und schreit dem ins Ohr: »Das garst'ge Paar: Tod und Teufel für die Alten, Herzinfarkt und Schizophrenie für uns! Aber es gibt ein Mittel, sich die vom Hals zu halten, tausendfach bewährt, todsicher, von allen Leuten mit gutem Gesundheitsinstinkt erfolgreich angewandt.«
»Heuchelei?«
»Die würde dich erst recht in ihren Rachen werfen, nein, viel einfacher: Arbeit, sinnvolle Arbeit!«
Ohne nach seiner Frau zu sehen, tanzt Krautwurst auf die Terrasse hinaus: Die Orgelmusik schallt bis in den Garten.
»Deshalb sind die Greise heute sehr einsam«, beendet Birt seinen Gedanken und hofft auf einen zustimmenden Blick Irenes, bekommt aber mehr, nämlich drei Worte: »Sie irren sich.«
»Eine hübsche Party«, sagt Paul Schuster zu Cornelia Overbeck. »Ich wünschte, mir gelänge mal eine so.«
Einer aber sagt den ganzen Abend über gar nichts. Er lacht nicht, er weint nicht, obwohl ihm sehr nach letzterem zumute ist. Erst stand er vor der Gartenpforte und hob mehrmals die Hand, um sie auf den Klingelknopf zu legen. Jetzt steht er schon lange an der Zaunecke dort, wo weder der Schein der Straßenlampe noch das aus den Fenstern fallende Licht ihn erreicht, er aber den Garten und einen Teil der Hinterfront des Hauses einschließlich Terrasse übersehen kann. Wenn Cornelia und der Riese vorbeikommen, macht er sich so klein, wie er sich fühlt, und nie findet er den Mut, zu sagen, was er sich vorgenommen hat: Guten Abend, Cornelia, ich bin Frank Ungewitter, kann ich dich ein paar Minuten sprechen?

20

Paul ist nicht mehr der kalte Galante, der er jahrelang war. Er hat Feuer gefangen, aber das verbrennt ihn nicht wie einen Jüngling; dazu ist er zu alt, zu zäh, zu sehr vom Rauch früherer Feuer imprägniert. Er kann die Flamme zwar nicht löschen, sie aber klein halten und automatisch regulieren. Halbbewußt gehorcht er einem Plan, der auf Dauer angelegt ist, einem Vereinigungs-, keinem Invasionsplan. Er greift nicht an, er manipuliert, ohne recht davon zu wissen; aber gerade das garantiert den Erfolg. Er ist aufgeregt in Cornelias Nähe, redet viel unüberlegtes Zeug, aber da es von früherer Erfahrung durchtränkt ist, klingt es vernünftig und bleibt anfangs nicht ohne Wirkung. Der Routinier in Liebesangelegenheiten, der er bis zum Nachmittag noch war, hat dem Frischverliebten seine Ausrüstung hinterlassen. Er macht sich nicht klar, daß junge Mädchen vor einem Übermaß an Leidenschaft erschrecken, bleibt aber maßvoll. Er denkt nicht: Sicher ist es gut, ein bißchen Bildung zu zeigen, zeigt sie aber. Ohne zu überlegen, was Schmeicheleien vermögen, durchflicht er das Gespräch mit ihnen.
Cornelia hat sich einen anderen Paul in den Kopf gesetzt als den, der nun außerhalb desselben dasteht. Sie hat einen castrobärtigen Eroberer weiblicher Festungen erwartet und trifft auf einen Gefangenen derselben. Sein maßvolles Werben ist keine Aufforderung zur Kapitulation, sondern Bitte um Befreiung. Seine vernünftige Ruhe gibt ihr eine innere Sicherheit, die äußerlich durch Lichtmangel verstärkt wird; denn es gibt kein besseres Make-up als die Blindheit der anderen. Die Achtung, die ihr bezeugt wird, läßt ihre Selbstachtung wachsen. Die Worte, die sie für ihn einnehmen sollen, nehmen sie für sich selbst ein. Die Reste ihrer Verzweiflung schwinden mit dem Bewußtwerden ihres Eigenwerts, den er ihr einredet. Und da sie ihm dankbar dafür ist, erreicht seine Schmeichelei ihr Ziel; selbst wenn sie sie als solche erkennt, läuft sie in ihre Fallen. Sie weiß recht gut, daß vieles Schöne, das er über sie sagt, nicht stimmt, empfindet es aber trotzdem als angenehm, weil über die Wirkung von Komplimenten nicht objektive Wahrheit, sondern subjektive Ehrlichkeit entscheidet. Daß jemand den Willen hat, Schmeicheleien zu sagen, ist wichtig, nicht ob er damit das Richtige trifft.

Natürlich haben auch Mond, Sterne, Frühlingsluft und Alkohol ihre bekannten Wirkungen. Es ist die erste Nacht des Jahres, die man ohne Furcht vor Erkältungen im Freien verbringen kann. Das Licht, das aus dem Haus in den Garten fällt, nimmt dem Dunkel seine Gefährlichkeit und erhöht den Reiz unstatthafter Absonderung. Man fühlt sich ausgestoßen, weil man die Gemeinschaft mißachtet, und dadurch stärker aneinander gebunden.
Groß ist der Garten nicht. Auch bei langsamem Gehen dauert eine Runde ums Haus nicht länger als fünf Minuten. Wenn sie die beleuchtete Wegstrecke passieren, sieht Cornelia die Mutter an der Glastür stehen und hält sie für eifersüchtig. Paul sieht nur Cornelia.
»Wie Siegfried nach dem Drachenbluttrunk die Sprache der Vögel, verstehe ich jetzt die Wirklichkeit wieder«, sagt Paul und trifft mit dem Jetzt das Wirkungsvollste, was denkbar ist, weil es ohne für sie peinliche Aufdringlichkeit sagt, was gesagt sein soll, und es ihr freistellt, es zu verstehen oder nicht.
Sie ist ihm dankbar dafür, dringt nicht auf Deutlichkeit, fragt nicht, nach Komplimenten angelnd: Wie kommt das? oder kokett: Sie meinen die Preisverleihung?, sondern paßt sich seiner Art an, setzt das Wunder, das die Begegnung mit ihr für ihn bedeutet, als bekannt voraus und stellt ihm die Standardfrage nach seinen Plänen, den schriftstellerischen selbstverständlich. Denn als Tochter eines Literaturwissenschaftlers weiß sie, daß Belletristen, die von Wirklichkeit reden, immer deren Spiegelung in ihren Büchern meinen.
Nach dieser Frage sagt sie eine Weile nichts mehr, weil in Gesprächen, in denen es den Beteiligten nicht nur aufs Reden, sondern auch aufs Verstehen ankommt, jeweils nur einer sprechen kann: er in diesem Fall. Und da seine Pläne noch frisch sind, sind deren Umrisse vage und machen Vorreden nötig. Er erklärt, wie es zu der Blindheit gekommen ist, die ihm nur den von Zeitungspapier und Bildschirm reflektierten Teil der Wirklichkeit zu erkennen erlaubte. Er versucht zu erklären, wie unerklärbar es ist, daß dieser Plan, der noch keiner ist (nur ein Teil davon, eine Geschichte ohne Thema), plötzlich in seinen Kopf kam, als er sie, Cornelia, sah. Er beteuert, daß diese Geschichte nichts, aber auch gar nichts mit ihr zu tun habe, daß er sie vor Jahren einmal auf einer

Baustelle gehört und sofort wieder vergessen habe bis zu dem Moment, in dem sie, Cornelia, mit Hut aus ihrem Zimmer trat und durch ihren Anblick irgendein schwarzer Vorhang in ihm zerriß. Er behauptet, noch nicht zu wissen, wie das aus dieser Geschichte einmal entstehende Buch schließlich aussehen wird. Denn jede Geschichte, sagt er, ändert sich auf dem Wege vom Kopf zum Papier, weil man die darin agierenden Menschen seinen mehr oder weniger mangelhaften Darstellungsmitteln anpassen muß. Und da sie (die Menschen – nicht höhere Mächte) Geschehnisse vorantreiben oder hemmen, ändern sich mit ihnen auch die Geschichten, so sehr manchmal, daß fertige Gegenentwürfe zu geplanten werden, was nicht auf mystische Vorgänge, sondern auf die Tatsache zurückzuführen ist, daß Menschen (und Entwürfe von ihnen) sich nicht mit mathematischer Genauigkeit konstruieren lassen und die geringste Abweichung vom Plan auf den weiten Strecken der Handlung sich zu Riesendifferenzen auswächst, so, wie scheinbare Parallelen sich bei stärkerer Verlängerung unvorhergesehen kreuzen oder verlassen. Frei von diesen Fehlern kann nur sein, sagt er und beugt sich dabei zu ihrem Gesicht herunter, wer Konstruktion höher schätzt als Leben, Ideen mehr liebt als Menschen, so wie er einst noch vor wenigen Stunden.

»Und die Geschichte?«

»Die geht in Hebelscher Kürze so:

Im DDR-Teil Berlins küßte an einem frühen Sonntagmorgen ein Maurer beim Abschied seine hübsche junge Frau und sagte: ›In einem Jahr haben wir es geschafft. Dann bin ich jeden Abend zu Hause, und am Sonntag wird lange geschlafen. Wir haben Kinder und fahren im Sommer mit ihnen ins Grüne. Im Winter gehen wir in Pelzmänteln Unter den Linden spazieren, anschließend essen und tanzen. Den Urlaub aber verbringen wir in Kuba oder auf der Krim.‹ – ›Ein Jahr ist wenig, wenn man es mit den vielen vergleicht, die hinter uns liegen‹, sagte die Frau, ging durch den Garten ins neue Haus zurück und winkte dem Mann von der Veranda aus einen Gruß zu. Das war rührend anzusehen. – Als aber der Frühling mit seinen Blüten, der Sommer mit seinen Früchten, der Herbst mit seinen Stürmen vorbei waren, auch schon der Schnee mittags wieder zu schmelzen begann und der Maurer dachte, daß die Mühsal nun bald zu Ende sei, da war

es – das Glück. – ›Acht Jahre habe ich in jeder freien Stunde geschuftet‹, sagte er in der Mittagspause zu den Männern seiner Brigade, ›habe monatlich sechshundert Mark in der Arbeitszeit, sechshundert Mark an den Wochenenden und im Urlaub verdient und alles auf die Kasse tragen können, da das Geld, das ich abends an Reparaturen bei den Nachbarn und Freunden verdiente, zum Leben reichte. Wer will, kann ausrechnen, wie groß mein Vermögen ist. Das Haus ist gebaut und eingerichtet, die Pelzmäntel gekauft, jetzt hole ich das Auto; der beträchtliche Rest bleibt für Wohlleben und Reisen. Mein Ziel, Frau und zukünftigen Kindern allen nur möglichen Luxus zu bieten, ist erreicht. Ab Ultimo seht ihr mich nur noch montags bis freitags acht Stunden.‹ – Und er verläßt drei Stunden vor Feierabend die Baustelle, holt das Auto und fährt es, da er Überraschungen zu bereiten liebt, heimlich in die Garage unter dem Haus, aus dem die Frau gerade hinausgeht. Er denkt sich nichts Schlechtes, folgt ihr aber, um sie aus Spaß zu erschrecken – erschrickt aber selbst nicht wenig, als an der Straßenecke ein Mann auf sie wartet, sie küßt, ihren Arm nimmt und mit ihr davongeht. Das anzusehen ist nicht gut für ihn. Trotzdem geht er ihnen nach bis in einen Teil der Siedlung, in dem die Häuser kleiner, die Gärten ungepflegter werden und der Schneepflug die Straßen nicht räumt. Dann steht er, zitternd vor Schmerz und Kälte, drei Stunden vor einer Laube, bis die Frau wieder herauskommt. Erst zwingt die Angst sie zum Lügen: ›Was du denkst, ist gar nicht passiert‹, dann aber sagt sie: ›Ja‹ auf seine Frage: Sie will ihn verlassen, will mit dem anderen in der Laube wohnen. – ›Kann einer von euch das verstehen?‹ fragte der Maurer in der nächsten Mittagspause. ›Ihr hättet die Bude sehen sollen: Nicht länger als fünf Minuten hätte ich gebraucht, um sie abzutragen.‹ Und wer den Mann kennt, wird es ihm glauben. – Wie finden Sie die?«
»Ich weiß nicht. Welchen Sinn soll sie denn haben?«
Das behauptet er wiederum nicht zu wissen und erzählt, um der Frage zu entgehen, die Geschichte noch einmal, diesmal so, als wäre er, Paul Schuster, ihr unglücklicher Held und berichte sie in der Kneipe seinen Kollegen. Dabei malt er die Äußerlichkeiten, wie Haus, Baustelle, Auto, genußvoll aus. Charaktere, die die Kurzfassung im ungewissen ließ, versucht er festzulegen, besonders durch Sprache. So reden Frau

und Liebhaber ein perfektes, etwas geziertes Hochdeutsch, der erzählende Maurer aber Berlinisch, was der Geschichte Farbe gibt und lustig-sentimentale Töne. Wenn vorher von Arbeit die Rede war, hört Cornelia jetzt schubbern. In der Mittagspause werden Röhr'n jeknackt. Als der Mann seiner Frau die Lüge nicht glaubt, sagt er: »Seh' ick etwa so aus wie eener, der die Fenster mit'm Hammer putzt?«, und nach der Schlußfrage wird erklärt, warum er darauf verzichtete, die Laube einzureißen: »Ick hab' bloß Angst jehabt, mir'n Splitter einzureißen!« – was alles Cornelia exotisch und lustig vorkommt, sie als Antwort auf ihre Frage aber nicht gelten läßt.

»Ich weiß nur, daß es eine gute Geschichte ist.«

»Vielleicht weil es Ihre ist? Die mit Ma?«

Er ist geschickt genug, das nicht sofort zu bestreiten. Er überlegt eine Weile und sagt dann:

»Nein, nein. Ihre Mutter floh den Luxus nicht, sie floh in den Luxus.«

Das bringt Cornelia zum Lachen, weil sie sich unter Luxus doch etwas anderes vorstellt als ihr bescheidenes Zuhause. Paul aber verläßt dieses Thema schnell. Der Gedanke, daß der Werber schon die Mutter geliebt hat, muß die Mondscheinstimmung verderben. Wohl ist er bereit, den Altersunterschied zu seinen Gunsten zu nutzen, nicht aber ihn zur Sprache zu bringen. Er weicht deshalb aus ins Allgemeine, spricht nicht mehr von Personen, sondern von Generationen, besonders von denen, die ihre Seele an den Wohlstand verkauft haben.

Ohne zu sagen: Gott sei Dank, ich bin nicht so!, nimmt er sich davon natürlich aus. Unausgesprochen wird die Anklage gegen die anderen zum Loblied auf den Ankläger. Er redet nicht, um eigne Gedanken, eigne Urteile zu äußern, sondern um guten Eindruck auf die Zuhörerin zu machen. Er spricht aus, was sie seiner Meinung nach gern hört. Er glaubt, daß junge Leute kritisch sind, und gibt sich so. Er stellt sich vor, was sie, würde sie ihn so gut kennen wie er sich selbst kennt, verdammen würde, und verdammt es an anderen.

Er spricht von den Leuten, die, aus dem Elend der Kriegs- und Nachkriegszeit kommend, für alles, was Wohlstand versprach, sich aufgeschlossen zeigten, sich flink anzupassen verstanden, sich mit pfützentiefem Denken abfanden, unbequeme Probleme ignorierten, Tendenzen der technischen Revolution zum Spezialistentum sich zunutze machten, um sich in Wärme und Fett einigeln zu können, um Verschweigen und Verstellen Tugenden zu nennen, vom steten Tropfen der Heuchelei sich den Charakter aushöhlen zu lassen – und merkt nicht, daß er mit dieser als Anklage getarnten Beichte die Schranken des Altersunterschieds zwischen sich und dem Mädchen immer weiter schließt.

Denn solche Art versteckter Selbstkasteiung ist ihr so fremd wie Zentralafrikanern der Schnee. An ihrem schlechten Gewissen erkennt sie diese Sorte von Alten besser als an zerknitterten Gesichtern und grauem Haar. Da ist ihr die andere nicht weniger langweilige Sorte noch lieber: die Selbstlober, die unentwegt betonen: Ohne uns hättet ihr es nicht so gut.

Paul Schuster aber spürt nichts davon, überschätzt noch maßlos seine gar nicht mehr vorhandenen Chancen, auch noch, als sie sagt:

»Die Geschichte bietet doch nichts Neues. Sie sagt, daß Besitz nicht alles ist, aber das ist doch selbstverständlich.«

»Selbstverständlich für Sie, weil Sie Not und Armut nie kennengelernt haben«, antwortet er und weiß noch immer nicht, daß er damit die letzten Keime von Zuneigung zum Verdorren bringt, ehe sie richtig da sind. Und weil die giftigen Worte, die sie für so etwas hat, Cornelias Kehle schon zuschnüren, bevor sie herauskommen, redet er weiter über die vielen Deutungen der Geschichte, die alle ihn, Paul, zur Hauptfigur machen. Vielleicht ist er der Maurer, dem die Illusion geraubt wird, daß harte Arbeit sich mit privatem Glück verträgt, vielleicht die Frau, die von der Besitzgier zur Menschlichkeit flieht, vielleicht aber auch der Liebhaber, der Kunst und Schönheit aus den Fängen des Luxus reißt – was ihm aber alles erst klarwerden wird im Prozeß des Schreibens.

Er ist sehr froh, eine Zuhörerin zu haben, die er zur Dauerzuhörerin machen möchte. Der er zu jeder Tages- und Nachtzeit vorlesen kann. Die die Schreibmaschine beiseite schiebt, das Wischtuch weglegt, die Suppe ungekocht läßt, wenn es die Arbeit, seine Arbeit, verlangt. Die dann nichts tut als zuhören, die nicht etwa strickt oder Nägel feilt. Deren Gesicht Ergriffenheit sichtbar macht, Freude, Schmerz ahnen

läßt. Und die, wenn er das letzte Blatt weggelegt hat und sie ansieht, ihrem Eindruck Ausdruck gibt.
Es ist klar, wo das hin will mit ihm! Er braucht zum neuen Anfang eine neue Irene, ein Menschenopfer, den Musen dargebracht, um sie huldvoll zu stimmen. Weil seine Werbestrategie es verbietet, sagt er zu Cornelia nicht, daß er sie liebt, aber er denkt es und meint damit, daß er sie braucht. Und wie jeder Liebende möchte er wiedergeliebt werden, was für sie aber bedeuten würde, sich selbst aufzugeben, sich zum Mittel seiner Zwecke zu machen, ihm Resonanzboden zu sein, der in der Frequenz seiner Töne mitschwingt.
Das weiß Cornelia natürlich nicht. Aber wenn sie den Netzen, die er nach ihr auswirft, nicht schon entgangen wäre, hätte sie jetzt noch Gelegenheit dazu, weil er, statt sie zu Wort kommen zu lassen, sie ganz für sich okkupiert, von ihm erhoffte Zukunftskonstellation also schon vorausnimmt, sie ihre Rolle neben ihm ahnen läßt. Er redet nämlich vom Schreiben; von der Bedeutung, die es für ihn, nicht etwa von der, die Geschriebenes für andere hat. Das heißt, er redet eine halbe Stunde nur von sich, und das zu einem Mädchen, das es nach den heftigen Erschütterungen des Tages nötig hat, mit jemandem über sich zu reden, das nach einem Menschen sucht, der Zeit für es hat, ihm inneres Chaos ordnen hilft oder ihm durch Teilnahme und Interesse beweist, daß es auch anderen etwas bedeutet.
»Schreiben war früher so was für mich wie Heilung der Wunden, und insofern ist neuerrungene Verwundbarkeit meine Stärke, und Siegfrieds Drachenbluthaut, die ich bis heute trug, wäre mein literarischer Tod«, sagt Paul und trifft etwas Wahres, bei Cornelia aber auf kein Verständnis; denn sie kann sich nichts Besseres wünschen als solche Hornhaut und sagt es.
Paul aber fragt nicht einmal nach den Ursachen solchen Wunsches, sondern redet weiter von sich, von der Intensität seiner Erfahrung und der mangelnden seines Ausdrucksvermögens, bis die Terrassentür sich öffnet, der tanzende Krautwurst, Hausfrau und Gäste mit Ausnahme Frau Krautwursts und Liebschers heraustreten, wie nach Schlaf Arme recken und hörbar Frischluft atmen.
Als Cornelia und Paul im Lichtkreis erscheinen, ist von der Kühle der Nacht, vom vergangenen Winter, vom Frühjahr

die Rede, bis Teo Paul wieder in den Garten zieht und mit ihm Fünfminutenrunden beginnt. Cornelia aber liegt, diesmal ohne Tränen, ihrer zarten Mutter im Arm, was die nicht erfreut, sondern erschreckt, weil sie die Geste falsch deutet. Vielleicht hat sie in ihrer Jugend zu viele schlechte Romane gelesen. Anders ist kaum zu erklären, daß sie sich davor fürchtet, jetzt die Worte »Ich habe mich eben mit Paul verlobt!« oder ähnlich Dummes zu hören.

21

»Ich habe es Paul gesagt«, sagt Teo, »vorhin im Garten, als ihr alle auf der Terrasse wart.« Also vor einer Stunde etwa.
Und jetzt, falls die Empireuhr auf der Kommode in gewohnter Weise falsch geht, genau zwei Uhr nachts, wiederholt der Mann, was er draußen dem ehemaligen Freund gesagt hat, der Frau, die schon im Bett liegt, nicht flach, sondern mit halb aufgerichtetem Oberkörper und angezogenen Beinen, in einer Haltung also, in der man rauchen, den Aschenbecher auf die Knie stellen und den Mann ansehen kann, der vor dem Bett auf und ab geht. Da der Oberkörper am hohen Kopfteil des Bettes lehnt, kann man auch nicht umfallen vor Schreck, wenn der Mann sagt, was er Paul gesagt hat: nämlich die Wahrheit.
Irene ist schon gewaschen, geputzt, gekämmt. Glänzte die Nachtcreme nicht auf ihrem Gesicht, könnte man annehmen, die Party sollte erst beginnen, eine festlichere aber, eher ein Ball, zu dem das Nachthemd, als Kleid getragen, paßte.
Teo ist noch perfekt gekleidet mit Krawatte und Anzug. Hemd, Schuhe, Bügelfalte sehen noch gut aus, nur er nicht. Seitdem die Gäste fort sind, beginnt sein Gesicht zu verfallen. Die Augenringe werden dunkler, die Falten tiefer, die Hautfarbe blasser, obgleich man nach der Rede hatte annehmen müssen, daß Steigerungen dieser Art gar nicht mehr möglich sind. Aber man kennt das ja: Erst wenn die Anspannung vorbei ist, macht sich die Erschöpfung in ihrem ganzen Ausmaß bemerkbar.
Auch der Magen hat diesmal mit der fälligen Revolte solange gewartet. Die Angriffe, die während des Tages auf ihn

geführt worden sind, beginnt er jetzt mit Gegenangriffen zu beantworten. Er scheint sich auszudehnen, wird steinhart, drückt auf Lunge und Herz, macht das Atmen schwer und jagt brennende Säure und Übelkeit in den Hals hinauf.
Teo geht durch das Zimmer, hin und her, her und hin, leicht nach vorn gebeugt, die rechte Hand auf den Magen, die linke auf den Mund gepreßt, als erwarte er erleichterndes Aufstoßen, das nicht kommt. Einen stolzen Anblick bietet er nicht, und wenn die Aufregungen des Tages nicht noch abschließende Gespräche nötig machten, würde er sich hüten, so vor Irene aufzutreten, und seine Schmerzensgänge in der Küche tun. Er gehört nicht zu den Männern, die Leiden gern zur Schau stellen und durch Laute und Gesten linderndes Mitleid herausfordern.
Irene hat andere Sorgen, große, die größten seit siebzehn Jahren. Denn sie muß es ihm sagen, was sie fast ein Eheleben lang verschwiegen hat, nicht nur dem Mann und natürlich der Tochter, sondern auch sich selbst. Sie hat es fertiggebracht, eine Tatsache, die sie ständig hätte bedrücken müssen, so in abseitiges Dunkel zu verlagern, daß sie für den Schein des Bewußtseins unerreichbar blieb, bis die unerwartete Gefahr sie in grelles Licht tauchte.
Noch plaudert sie über den Abend, über die Gäste, über den Moment, in dem Alkohol die Anstandskruste bei ihnen zum Schmelzen brachte. Sie weiß, daß ihre Ablenkungsredereien ihm guttun, wenn sie daneben durch Zwischenfragen über seinen Zustand ihre Sorge um ihn zu erkennen gibt. Vor die Frage, ob Krautwurst Spott oder Mitleid verdiente, sagt sie, würde man immer wieder gestellt, und es bleibe einem schließlich nichts übrig, als ihn zu mögen, wie man ein Kind mag. Fräulein Hesse dagegen findet sie eindeutig und rundherum sympathisch – was ihr leichtfällt, da sie Teos so sicher sein kann. Wenn sie für Liebscher Schimpfwörter findet, fühlt Teo sich verpflichtet, ihn zu verteidigen. Aber die Gespräche findet auch er oft so leer, daß man sich nicht vorstellen kann, daß sie von Leuten geführt werden, deren Köpfe voll kluger Gedanken stecken. Irene schlägt die Erfindung eines Apparats vor, der nicht auf Ton-, sondern Gedankenband aufzeichnet, was die guten Köpfe ungesprochen und ungedruckt lassen.
Natürlich redet sie auch über Paul, über das, was er früher

versprach und dann nicht hielt, wobei Irene härter urteilt als Teo, den eigenes Versagen gegen andere gerechter macht. Um das Leben eines anderen beurteilen zu können, meint er, müßte man nicht nur sein Doppelgänger sein, sondern auch sein Leben gelebt haben. Denn wenn man, wie Paul ihm in Kürze im Garten, dem anderen sein Leben erzählt, wird oft mehr verhüllt als klargestellt, da man nie erzählen kann, was geschah, sondern immer nur, wie man Geschehenes nachträglich sieht. Und für den Ausdruck von Gefühlen gibt es gar kein allgemeines Verständigungsmittel; da ist jeder für den anderen ein Ausländer und spricht eine Sprache, für die man weder Wörterbücher noch Sprachführer hat.
»Und was hat Paul dir von sich erzählt?« fragt Irene, um Zeit zu gewinnen. Sie hofft nämlich, daß sein Schmerz vergehen und er sich ausziehen und zu ihr legen wird. Wenn ihr Kopf auf seiner Brust liegt, denkt sie, wird es ihr leichter fallen, zu sagen, was jetzt endlich gesagt werden muß.
Aber Teo antwortet erst einmal ausführlich auf die Frage seiner Frau, ehe er zum Eigentlichen kommt, vielleicht aus Angst, eine nichtexistierende Tatsache durch Artikulation existent und damit vielleicht zur Ursache unbekannter Folgen zu machen, vielleicht aber auch, weil er sich die Pointe aufsparen will bis zum wirkungsvollsten Moment. Er erzählt also Pauls Part des Gartengesprächs nach und bemüht sich dabei sogar um Komik, die er aus der Diskrepanz zwischen Pauls großer innerer Erregung und den geringen und falsch gewählten Mitteln zur Tarnung derselben bezieht. Über dreierlei habe er gesprochen, sagt Teo, erstens über Cornelia, zweitens über sich selbst und drittens über sich selbst. In Punkt eins war nur von Vorzügen die Rede, in Punkt zwei nur von Mängeln (denen seines vergangenen Lebens nämlich) und in Punkt drei wiederum von Vorzügen: von denen seiner zukünftigen Bücher. Einen Zusammenhang zwischen diesen drei Punkten habe er mit keinem Wort angedeutet, hätte ihn auf entsprechende Fragen wohl auch abgeleugnet, hoffte aber darauf, daß der Zuhörer ihn selbständig herstellen würde. Kurz, Paul benahm sich nach Teo wie ein jugendlicher Liebhaber, der den Vater der Angebeteten um die Hand seiner Tochter bitten will und nicht kann.

»Und von seiner Frau hat er nichts gesagt?«
»Kein Wort.«
»Und du darauf?« fragt Irene, ohne eine Ahnung davon zu haben, welche Erschütterungen die Beantwortung dieser harmlosen Frage in ihr hervorrufen wird. Sie stellt auch diese nur, um Zeit zu gewinnen, hofft auf erneute Ausführlichkeit, auf möglichst lange Abweichungen vom Thema, zu denen Leute mit viel Wissen und kritischer Selbstbeobachtungsgabe leicht verführt werden. Wie ihm zumute war neben dem alten Freund, denkt sie zu hören, wie ungerufen Erinnerungen kamen an Pauls Dorf, an die Ladenwohnung, an die ersten Küchengespräche mit ihr. Sie erwartet methodische Erläuterungen zu dem, was er dem Autor zu seinem preisgekrönten Buch gesagt hat, Seitensprünge auf die Rede, Abschweifungen über Liebe, Freundschaft, Eifersucht, alles, alles, nicht aber eine Antwort, wie sie dann kommt in einem kurzen Satz, der sie überrascht, bewegt, erschreckt, erschüttert und der sie Teo verbinden wird ein Leben lang.
Teo sagt: »Ich habe es ihm gesagt, daß Cornelia seine Tochter ist« und redet danach sofort weiter, ohne Pause, ohne Irene anzusehen. Er geht auch weiter im Raum auf und ab, preßt weiter die Rechte auf den Magen und redet über alles, was Irene vorher erwartet hat.
Sie aber kann nicht mehr zuhören. Ihrer plötzlich von der Last befreiten Seele schwindelt, wie dem Körper schwindelt, wenn er zu schnell aufgerichtet wird.
Irgendwann sagt sie noch: »Nein, nein«, als Teo nämlich fragt, ob sie sich Sorgen um die Folgen seiner mißglückten Preisrede mache, sonst aber schweigt sie, weint, lacht, küßt und umarmt ihren Mann, streckt sich schließlich im Bett aus und schließt die Augen, um nur noch das zu sehen, was sie beglückt.
Teo aber geht noch umher, wartet auf die betäubende Wirkung der Tabletten, hofft, daß sein Magen sich bis dahin beruhigt, und versucht solange vom Wirrwarr der Tageseindrücke das Wesentliche zu sondern. Er will Bilanz ziehen, Erfahrungen summieren, hofft auf Resultate, möchte Urteile fällen, Lehrsätze formulieren, den Qualen Sinn geben.
Sein überreiztes Gehirn aber ist dieser Aufgabe kaum noch

gewachsen, jagt die Gedanken hierhin und dorthin, gehorcht nicht dem Befehl zu systematischem Vorgehen, wird von der durch Tabletten gesetzten Frist nicht zur Ordnung gerufen, sondern in Panik getrieben.
Und so verlasse ich das beispielhafte Paar: sie schon im Schlaf, er ihn erwartend. Aber wann immer er kommt, er wird zu früh kommen.

Günter de Bruyn

Babylon
Erzählungen. Band 11334

Buridans Esel
Roman. Band 1880

Das Leben des Jean Paul Friedrich Richter
Eine Biographie
410 Seiten mit 17 Abb. Leinen. S. Fischer
und als Fischer Taschenbuch Band 10973

Jubelschreie, Trauergesänge
Deutsche Befindlichkeiten
205 Seiten. Leinen. S. Fischer

Lesefreuden
Über Bücher und Menschen
Essays. 335 Seiten. Leinen. S. Fischer

Märkische Forschungen
Erzählung für Freunde der Literaturgeschichte
152 Seiten. Geb. S. Fischer
und als Fischer Taschenbuch Band 5059

Neue Herrlichkeit
Roman. 216 Seiten. Leinen. S. Fischer
und als Fischer Taschenbuch Band 5994

Preisverleihung
Roman. Band 11660

Zwischenbilanz
Eine Jugend in Berlin
380 Seiten. Leinen. S. Fischer

Fischer Taschenbuch Verlag

fi 65 / 7

Günter de Bruyn
Zwischenbilanz
Eine Jugend in Berlin
380 Seiten. Leinen

Diese Autobiographie ist ein literarisches Ereignis. Sie läßt die schwierigste Zeit unseres Jahrhunderts mit eindringlicher Intensität wieder aufleben. Sie ist Entwicklungsroman und Epochenpanorama in einem – ein Werk von seltener Kraft, Klarheit und Anmut. Günter de Bruyn erzählt von seiner Jugend in Berlin zwischen dem Ende der zwanziger und dem Beginn der fünfziger Jahre. Die Stationen sind: seine Kindheitserfahrungen während des Niedergangs der Weimarer Republik, die erste Liebe im Schatten der nationalsozialistischen Machtwillkür, seine Leiden und Lehren als Flakhelfer, Arbeitsdienstmann und Soldat, und schließlich die Nachkriegszeit mit ihrem kurzen Rausch anarchischer Freiheit und die Anfänge der DDR. Wie nur wenige Schriftsteller versteht es Günter de Bruyn mit wenigen Worten Charaktere zu skizzieren, Szenen zu entwerfen und die Atmosphäre der Zeit spürbar zu machen. Das Buch spiegelt den Lebenslauf eines skeptischen Deutschen wider, der sich nie einverstanden erklärte mit den totalitären Ideologien, die sein Leben prägten. Schutz vor der oft schwer erträglichen Gegenwart fand er in der Familie, der Literatur und schwärmerischen Jugendlieben. So ist dieses Buch, allem Ernst zum Trotz, auf wunderbare Weise gelassen und heiter.